CW01666683

NARRATIVA

Della stessa autrice

DA QUI VEDO LA LUNA
(anche in ebook)

Maud Lethielleux

LA BAMBINA CHE DICEVA SEMPRE DI SÌ

Traduzione di Luciana Cisbani

FRASSINELLI

ISBN 978-88-200-5169-3 86-I-12

A Yves e Céline, i miei genitori,
separatamente…

PARTE PRIMA

Sopra la macchinina ci sono un materasso a righe e dei grossi cartoni. Tutta la nostra roba sta lì, sul portapacchi di una Clio. La mia sorellina è seduta sul sedile posteriore. Gli addii non le piacciono. Guarda dritto davanti a sé con le labbra strette e le mani appiattite contro il sedile di fronte. Lui si avvicina alla macchina, bisbiglia qualcosa, le fa segno di abbassare il finestrino. Agathe detesta dare i baci. Gira la testa, ma dalla parte sbagliata, e fissa il campo, quello dove le balle di fieno non sono state raccolte in tempo. Guarda il fieno ormai marcito e io so cosa pensa: si dice che anche in quello lui non ci ha saputo fare, come con la mamma, l'ha lasciata marcire sotto l'acqua e lei ha scelto l'Altro, perché sa curarla come si deve.

Lui appoggia i gomiti sul materasso a righe, la testa sul dorso delle mani, e non dice più niente. Gli tremano le spalle. Dei rumori di passi sulla ghiaia umida lo avvertono: stanno arrivando. Si tira su, si asciuga le guance, attraversa il cortile, sale sul suo trattore rosso, quello che non parte mai. Agathe si volta. È smorta. Mi siedo vicino a lei sul sedile di pelle, mi prende la mano.

L'Altro si mette al volante della macchinina strapulita. Dice: Avanti tutta! Mia mamma sorride. Andiamo adagio per non rovinare gli ammortizzatori della bella macchina e a zigzag per evitare le buche. Guardo fuori dal finestrino.

Lui è sceso dal trattore. Fruga dentro il motore sbuffandoci sopra. Ci allontaniamo. Si gira verso di noi.

In quel momento dentro mi succede una cosa buffissima: mi si intrufola in gola un gatto. Se ne sta incastrato lì. Io vorrei parlare, gridare, dire arrivederci, ma il gatto non vuole, miagola, mi graffia, e quando voglio ingoiarlo inarca la schiena e si raggomitola per impedire alle parole di passare. A tutte le parole, anche a quelle carine.

Dal finestrino di dietro guardo fino alla curva, quella che gira intorno allo stagno.

In piedi davanti al trattore, con le braccia ciondoloni, mio papà vede la macchina andare via.

Con noi dentro.

La cosa più importante per una donna è l'amore che dura tanto. È per questo che Zélie l'ha scelto, l'Altro.

Quando ha incontrato mio papà aveva appena compiuto sedici anni e non aveva conosciuto l'amore. Fred era uno che faceva colpo, uno che cuccava con la sua personalità. Del resto a Zélie piaceva proprio quello: lui era rassicurante, parlava poco ma bene, e aveva dei progetti veri. Zélie usciva da un ospedale tutto bianco perché aveva voluto sperimentare il tunnel (le avevano detto che c'era una luce fantastica e degli angeli trasparenti in fondo a un tunnel meraviglioso e lei voleva controllare), è per questo che le è piaciuto Fred, perché lui vedeva la vita dal lato buono e suonava la chitarra intorno al fuoco. Zélie era indecisa tra lui e il suo migliore amico e ha scelto Fred.

* * *

Tutte queste cose le so perché mia mamma è una gran chiacchierona e ha delle amiche che sono curiosissime. Io le ascolto intanto che smangiucchio delle cosette buone e bevo il tè o il mate del Brasile che hanno avanzato. Adoro ascoltarle, sono talmente concentrate quando parlano di Fred che quasi non fanno caso a me. A volte Zélie mi dice: Ninon, tieni d'occhio tua sorella, sono in pensiero. E riprende subito da dove si era interrotta, abbassa la voce e beve un sorso per far cuocere meglio i segreti.

All'inizio non era rimasta delusa, perché gli effetti dell'amore lei non li conosceva. Le sembrava solo tutto quanto un po' scarsino, ma credeva che la colpa fosse sua, per quello che le era mancato nell'infanzia. Soprattutto lo trovava noioso, per fortuna però Fred aveva l'amore breve, e quello le andava benone. Tra l'altro il suo innamorato non era poi tanto scarso, visto che il semino ce l'ha messo! Ecco perché mio papà è efficiente come persona: in meno di due minuti mi ha creato la vita! E quindici mesi dopo, vai col bis! Voleva dei maschi per farsi aiutare nei suoi progetti ma ha avuto due femmine, però non era affatto un problema perché ci ha amate subito, dopo la sorpresa.

Più tardi è successo tutto il macello. Zélie strillava tanto e buttava le tazzine di caffè addosso a Fred che non diceva niente ma sbatteva la caffettiera sul letto. Zélie piangeva perché le lenzuola erano tutte macchiate, allora Fred riprendeva la caffettiera e per farsi perdonare faceva un'altra volta il caffè. Io restavo vicino al caminetto per curare Agathe che giocava con le braci.

Il sabato sera si facevano le feste. Erano gli amici a invitare oppure eravamo noi (da un po' di tempo, però, noi di meno), io mangiavo le crêpes allo zucchero intanto che i grandi bevevano birra o fumavano del buon tabacco naturale. Il sabato pomeriggio Zélie ci faceva il bagno e ci metteva un po' di profumino. Una volta si è truccata ma Fred ha detto qualcosa, lei ha pianto e le è colato giù il nero, allora ha tolto tutto. Agathe voleva fare la stessa cosa. Io ho detto come Fred quella parola spassosa che mi ricorda la scarpa della capra: Zoccola. Agathe ha riso e ha ripetuto la parola mettendosi a girare su se stessa. Ho riso anch'io. Mi piacciono le parole nuove. Mi danno proprio la sensazione di essere una grande. Quella sera Zélie era tanto triste. Quando è triste lei pensa a suo papà e dice che gli uomini sono tutti dei pervertiti. Io non so mica tanto cosa vuol dire, ma la lascio sfogare con le parole e dopo lei mi sorride come se fossi la sua migliore amica.

Durante le feste Fred e Zélie hanno cominciato a non ridere più insieme. Ridevano uno contro l'altro. Zélie rimaneva in cucina con le sue amiche e Fred fumava sul divano e non rideva per niente, tranne quando si avvicinava lei. Allora bisbigliava una roba talmente buffa che i suoi amici si sbellicavano dal ridere o gli chiedevano di ripetere perché non erano sicuri di avere capito, e mia mamma se ne tornava in cucina. Oppure era il contrario. Le femmine però erano più stile pissi pissi, ridevano appena lui girava le spalle. Dopo parlavano con un'aria serissima che non lasciava presagire niente di buono.

Dopo un po' si erano mischiati di nuovo tutti quanti. Agli amici di Fred piaceva molto parlare con mia mamma. Forse era per il trucco che aveva deciso di mettersi. E Fred aveva cominciato a cantare delle canzoni d'amore con la chitarra, le ragazze andavano ad ascoltarlo. Lui si metteva in una camera o in una stanzetta illuminata da una candela. La malinconia gli stava bene addosso.

È così che le cose sono andate a finire male. Un giorno Fred non è voluto tornare a casa. Zélie ci ha riportate con la macchina che non sapeva guidare tanto bene, le era colato il trucco e io le ho detto: «Sei bella con il nero da zoccola».

Agathe ha aggiunto che sì, che era troooppo troooppo bella, la più bella del mondo. E ha detto quella parola ridendo fortissimo. Zélie ha fatto partire i tergicristalli, le ho detto che non pioveva, si è asciugata la guancia tutta impiastricciata e siamo tornate a casa. Quella sera faceva freddo (Fred si era dimenticato ancora di caricare la stufa). Siamo andate a dormire tutte e tre insieme nel lettone e Agathe ha mormorato: «È bello quando non c'è Fred».

Zélie sembrava d'accordo, ci ha fatto tante tante coccole. Quando ci siamo svegliate Fred dormiva per terra, sul tappeto ai piedi del letto.

I miei genitori sono molto equi, così il sabato dopo siamo tornate a casa da sole con Fred. Lui non ha voluto dormire con noi. Ci ha lasciato il lettone e si è seduto davanti al caminetto a fumarsi una delle sue sigarette rollate.

Quella notte mia mamma ha incontrato l'amore che dura. E non è mai più stata la stessa.

Parcheggiamo davanti a un cancelletto di legno e l'Altro grida: Siamo arrivati! Zélie si stira come se si svegliasse da una brutta vita, dice: Staremo bene qui... Agathe non vuole uscire, colpa della moquette della macchina, non osa metterci sopra i piedi. Ha rannicchiato le gambe e chiuso a doppia mandata la faccia, di lì lei non scende. È il suo modo di non tradire. Io vado con l'Altro per vedere il posto e farmi un'idea. Abita come noi in campagna, in una casetta di pietra circondata da piante aromatiche. Porta due cartoni, Zélie lo segue con dei sacchetti di plastica pieni di vestiti, lui appoggia i cartoni e mette la chiave nella serratura.

Mio papà non ha mai chiuso la porta a chiave, lui crede nella giustizia naturale: non attiri i ladri quando gli dai fiducia. L'Altro gira la chiave, clicchete e riclicchete. Lui non ha per niente fiducia nella giustizia della vita.

Casa sua è tutta bella curata e ha un buon odorino

di detersivo per piatti. Ci sono due stanze, una grande e una piccola. Nella prima, un mobiletto bar in legno separa l'angolo cucina dal salotto, e nel salotto una tenda viola nasconde un soppalco con un letto matrimoniale, candele sul comodino e una zanzariera per fare scena.

«Ninon, vuoi vedere la camera che Olive ha liberato per voi?»

Vado e vedo. È una camera. Faccio una smorfia per nascondere che non è male come camera, ci sono anche delle assi di legno sul muro in fondo e una finestra vera che si apre. Per terra ci sono appoggiati due materassi e i letti sono già fatti.

«Non dormo con Agathe?»

«Olive non sapeva che dormivate insieme. Se vuoi li avviciniamo.»

L'Altro fischietta. Mio papà fischia per chiamare le capre. Mentre attraverso la stanza faccio un belato. Agathe aspetta sempre in macchina, con le mani sul sedile di fronte.

«Vieni a vedere la camera?»

Agathe guarda la siepe di cespugli. Insisto: «C'è una finestra che si apre. Potremo anche lasciarla aperta di notte».

Fissa le more ancora rosso amaro. La prendo per mano e l'aiuto a scendere senza toccare la moquette aspirata. I suoi ricciolini scuri saltano con lei. È proprio bellina Agathe, un po' insopportabile con quei suoi ghiribizzi esasperanti (come dice Zélie), ma è perché è sensibile, tutto qua. La differenza con me è che io parlo tanto, dico soprattutto cavolate ma dentro c'è del vero, e così esteriorizzo. Agathe, lei, rispetta in silenzio, ed è tutto molto più complicato.

Attraversiamo la stanza senza dire niente. Gli innamorati si sbaciucchiano in cucina, c'è odore di caffè. Mi immagino la caffettiera scoppiata sul letto a due piazze e la bella tenda viola tutta macchiata.

In camera, Agathe apre la finestra e si arrampica sul comodino. Le piace un sacco vedere il cielo. A casa nostra la camera è un'ex cantina senza stelle.

Scende per aiutarmi ad avvicinare i materassi. Mi guarda la pancia.

«Sei incinta?»

Lentamente alzo la maglietta e tiro fuori la stoffa nascosta lì sotto. Una camicia grandissima, con il collo ingiallito e la parte in basso marrone. Lei me la strappa dalle mani.

«Facciamo una settimana tu e una io?»

La appoggia vicino al cuscino, si mette il pollice in bocca e inizia a far girellare il tessuto intorno alla punta del naso.

«No, la mettiamo in mezzo, una manica per uno.»

«Va bene.»

Un colpo di clacson. È già sabato prossimo! Agathe si precipita fuori, spalanca il cancelletto e salta sul furgone senza dire arrivederci. Però non dice neanche ciao, appoggia i piedi sul cruscotto stracolmo di confezioni di vario genere, pacchetti di tabacco semivuoti, patate ormai germogliate e peli di Raymond. Io prendo il sacchetto di plastica e dico bye bye agli innamorati stando attenta a guardare solo mia mamma, perché l'Altro lo sappia.

Fred mi aspetta vicino al furgone, rollandosi una sigaretta. Raymond mi si butta addosso e mi sporca il golf. Allunga la lingua, mi lecca e guaisce, fa dei giri su se stesso, mi dà dei colpi con la coda e mi mostra i denti bavosi (Raymond sorride come un uomo, ma con in più la bava). Do delle pacchette sul fianco a lui: Ma sì... Ma sì, il mio tenerone... e poi un bacino a Fred: Pungi. Fred guarda la casa, soprattutto la porta d'ingresso. Raymond scavalca il cancelletto che ho appena chiuso (sennò l'Altro si mette a gridare) e va dritto sparato a innaffiare le piante aromatiche. Mugola, gratta con il naso attorno alla porta, piscia un'altra volta e abbaia fortissimo. Fred continua ad aspettare. Raymond, seduto sul culo davanti alla porta, piagnucola. Vado a prenderlo, con gli occhi mi indica la porta e guaisce grattando la pittura. Lo chiamo ridendo per fargli credere che voglio giocare, lui mi segue ed entra nel furgone. Velocissima, chiudo la portiera. Lui mi appoggia la testa sulle ginocchia e piange in silenzio. Quando Raymond piange le lacrimine fanno fatica a uscirgli dagli occhi, e poi corruga la fronte facendo dei rumori da topo. Fred schiaccia per terra la sigaretta e ci raggiunge. Prima, io dicevo: Avanti tutta! Ma adesso non più.

Appena arrivati, Fred prende e va nella stalla delle capre. È l'ora della mungitura. Faccio un giro dentro per ricordarmi com'è, la nostra casa, ma mi dimentico subito perché ci sono entrata. C'è tanta di quella roba da fare! Uuuh, ce n'è eccome! Agathe mi segue correndo, canticchia: Coco-coco-coco. È il richiamo per la gallina. Ma la gallina mica viene.

La gallina la trovo nel lavandino che becchetta in una pentola e intanto ci fa dentro la cacca. Agathe si ferma sulla porta ed esce subito gridando: «Gatto Cucù, gatto Cucù! Sono arrivata!» Riempio di acqua il pentolone del brodo per farla scaldare, ma la bombola del gas è vuota. Allora metto a mollo tutti i piatti, ma non c'è il detersivo (Fred ci si lava le mani e in un lampo lo usa tutto, cosa che a Zélie non piace affatto, con quello che costa). Ce n'è dappertutto, di piatti. Davanti al fornello a gas, delle pentole ancora piene di sughi improbabili vomitano della pastasciutta ammuffita che si è seccata. Nella stanza, vicino al caminetto e alla poltrona di vimini, tazzine di caffè e mozziconi spenti tutti per terra. Sul tavolo da pranzo la gallina non ha fatto complimenti, ha cagato ovunque, persino nei piatti e sulle forchette. Butto un occhio in camera, mi precipito alla finestra, apro le persiane, scuoto le tende per fare uscire l'odore.

E poi raggiungo Fred dalle capre.

Cam e Embert litigano per la stessa mangiatoia. Sono sorelle e litigano sempre, un po' come me e Agathe quando ci stufiamo di noi due. Cam le dà delle testate, Embert mangia ugualmente i chicchi che avanzano. Distribuisco il fieno che Fred solleva con il forcone. Mi passa dietro e chiude le mangiatoie, fa scorrere il legno e le capre sono in trappola, ma loro se ne fregano visto che c'è il fieno. «Le cose buone fanno dimenticare quelle più brutte. È sempre così...» dice Fred quando non capisce più il mondo.

Intanto che mungo, canta una canzone d'amore che ha composto lui una sera vicino al fuoco. Strizzo le mammelle una dopo l'altra tenendo il ritmo di quelle parole di promesse. Il latte fa la schiuma e mi sgocciola sul palmo della mano appiccicaticcio. Vado sempre più veloce stando attenta a non prendere dentro i peli per non sorprendere la capra, sennò lei alza il piede e rovescia il secchio. Un secchio rovesciato è una roba tremenda, sono almeno sette formaggi in meno per il prossimo mercato.

Fred non canta più.

«Hai passato una bella settimana?»

Non so cosa dire. Se dico di sì diventerà triste, come dire che posso benissimo fare a meno di lui e che l'Altro non è poi tanto male. Se dico di no si arrabbierà con Zélie e l'Altro perché per colpa loro sono infelice. Dico: «Così così».

«Proprio così così?»

«Decente.»

«Bella casa sua?»

Bisbiglio: «Abbiamo una camera tutta per noi».

Non risponde. A casa nostra c'è sempre stata una camera sola per tutti quanti. Zélie dice che non va bene per l'intimità e Fred dice che noi non siamo dei borghesi e che la promiscuità è bella, è la condivisione della quotidianità.

«E ad Agathe, piace?»

«Lei conta le stelle.»

«Anche a casa nostra ci sono le stelle.»

«Non in camera…»

«Come no. Vedrai stasera.»

È contento di quello che mi ha appena detto, canta. Svuoto il secchio nel colino che sta sopra il bidone di ferro. Delle pagliuzze e delle cacchette si impigliano nel tessuto e il latte va giù.

Facciamo le pulizie. Metto il volume altissimo, è musica araba, perfetta per pulire la casa. Fred ci dà dentro con l'acqua, ne butta per terra dei bidoni e frega con lo spazzolone. Io lavo i piatti e alla fine mettiamo dell'acqua a scaldare nel caminetto.

«Tra cinque giorni ricomincia la scuola. Zélie preferisce che stiamo da lei per la riapertura perché ci ha comperato dei vestiti.»

Fred non è contento. Gli tolgono due giorni.

«È stata l'assistenza sociale a pagarveli.»

«No, è stata Zélie. C'era una promozione al supermercato.»

A Fred non piacciono molto quei posti, dice che i grossi padroni fanno paccate di soldi. Ma questa volta non me ne parla, pensa solo a quella dell'assistenza sociale. Mi spiega che è lei a dare i soldi agli assistiti. Insomma, c'è chi ne ha davvero bisogno, sono i veri poveri. Ma i giovani come lui o Zélie sono dei poveri per scelta, semplicemente vivono senza il superfluo e in quel caso, se accettano l'aiuto dell'assistenza sociale, sono dei finti poveri assistiti, che è la cosa peggiore che c'è.

Lo capisco, per i suoi valori è logico. Io sono contenta del mio vestito nuovissimo, allora non dico né sì né no.

Prima di andare a letto cantiamo a più voci una canzone divertentissima. È una storia di fili di lana dentro una cintura di lana, e alla fine spariscono i fili e i pantaloni cadono! Agathe ride. Vuole un'altra canzone ma Fred si rifiuta, dice: Più tardi, guardando le stelle.

Dopo scappa via, torna con delle grosse coperte tra le braccia e ci fa segno di seguirlo. Agathe finisce la sua fetta di pane abbrustolito con sopra il formaggio di capra, io faccio quella che una mezza idea veramente ce l'ha ma non è proprio sicura. Attraversiamo il cortile, passiamo vicino al trattore e al cofano spalancato, superiamo le carcasse di auto che dovrebbero funzionare ma che non sono mai volute partire, giriamo intorno allo stagno. Agathe si china per guardarsi. Agathe crede di essere bellissima, come Zélie, così si guarda di continuo per controllare. Attraversiamo un campo e, proprio alla fine, Fred butta le coperte sull'erba. Agathe balla con gli occhi verso il cielo, fa la ruota con il vestito, dice: Le stelle, le stelle! Aiuto Fred a fare il letto. Cacciamo via Raymond che si è già messo a dormire sul mucchio di coperte e rimbocchiamo la trapunta.

«Vi racconterò delle storie, e quando sarà buio pesto vedremo le stelle cadenti.»

«Esprimerò un desiderio.»

«Anch'io.»

Ha gli occhi che brillano. È il riflesso della luna. Agathe si è tolta le scarpe per farsi fare il solletico dalle erbe notturne e dice: «Anch'io esprimerò un desiderio. Grancoglione non mi piace».

Le faccio gli occhiacci, solo io e lei chiamiamo così l'Altro, è il nostro segreto.

Fred non dice niente. Mi sa che sta sorridendo.

Zélie mi pettina. Faccio un giro su me stessa per farle vedere il vestito e le due ciliegine ricamate sul davanti. Agathe è già pronta, sta aspettando fuori, ha molta fretta. Ha sempre paura di essere in ritardo. Siamo spesso in ritardo per colpa mia, perché per andare a scuola io la tiro per le lunghe. Zélie mi ha comperato il vestito per farmi venire voglia, per ricominciare tutto da zero e con il piede giusto, e in più con un po' di speranza. Me l'ha spiegato ieri sera. L'Altro non c'era, ci lasciava finalmente in pace e Zélie era felicissima di stare sola con me. Mi ha detto che non odiava Fred, ma che era incompatibile. Ho bevuto la tisana e abbiamo ascoltato musica classica. Da quando Zélie abita a casa dell'Altro ha cambiato gusti. Mi ha spiegato che Fred le aveva rubato l'adolescenza facendole fare un bambino a sedici anni e che lei per otto anni si era dimenticata di sé. Ho detto sì, sì, certo. Adoro le parole che finiscono con «enza», mia mamma ne dice tante quando si confida, sono un po' tristi ma belle: perdenza, indecenza, sofferenza, nullafacenza, deludenza, indipendenza, violenza...

Davanti a scuola, Agathe salta giù dalla macchina. Io scendo piano sorridendo tra me e me per farmi forza. Ho una cartella di pelle marrone, era quella dell'Altro quand'era piccolo. Mi piace da morire però (la cartella). Agathe mi prende la mano al volo. Zélie mi dice: A stasera piccolina mia!

Sono andata a scuola per la prima volta a cinque anni per colpa di un'amica dei miei genitori che ha detto che dovevamo assolutamente diventare sociali, che non era normale stare sempre con gli adulti, le capre e Raymond, che se continuavamo così saremmo state povere di parole e che, più avanti, sarebbe stato molto grave. Ha aggiunto che se Ninon (io) aveva la s moscia era colpa della loro incoscienza genitoriale. Fred ha urlato che erano tutte stronzate, che la scuola deforma le idee naturali e che per quello tanto di tempo ce n'è eccome. Zélie si è messa a piangere. Piange sempre quando qualcuno le dice che è una cattiva mamma, le fa davvero male perché crede che diventerà come i suoi genitori.

Qualche giorno dopo Zélie ha parcheggiato vicino a

un edificio mostruoso circondato da una rete metallica. Quando siamo entrate nel cortile io non volevo lasciare la mano di Agathe e farla andare dai mezzani. Zélie ha detto: Su, andate, starete strabene, avrete un sacco di cose da raccontarvi stasera! E chiudendo gli occhi ha tirato su col naso.

Nella mia classe, un'immensa donna magra e bruttissima con i capelli corti e le sopracciglia grosse mi ha chiesto di ricopiare la parola scritta alla lavagna. La parola... Ho cercato di imitare le linee dritte come il grano un giorno senza vento, era difficilissimo, le dita mi scivolavano sul gessetto. La signora si è avvicinata e mi ha detto: Diomio! Io le ho detto che non ero Dio, ma che se voleva chiamarmi così, perché no. Lei ha ripetuto: «Diomio... Non sai nemmeno scrivere 'mamma'?»

«Non serve a niente che lo scrivo, visto che non dico mai mamma.»

«Tu... non dici mai mamma?!»

«No, io la chiamo Zélie perché è troppo carino, e in più è personale e accettato per davvero.»

La signora mi ha detto di non parlare con quel tono, io ho risposto che non parlo di solito con i pesci. E neanche li mangio, sennò il mare si svuota.

L'anno dopo il mio maestro era buono, aveva i capelli da pecora. Era molto scocciato perché non capiva con quale mano scrivevo. Abbiamo provato con la mano del pollice che non mi succhio e, disastro, scrivevo tutto al rovescio. Per leggere quello che scrivevo, piazzava il quaderno davanti allo specchio, era divertente vedergli la faccia tutta tirata mentre si metteva le mani nei capelli. Allora mi ha consigliato di scrivere con la mano del pollice che mi succhio, non era proprio un granché ma comunque meglio. Il maestro sospirava e qualche volta, dalla cattedra, mi guardava con tristezza. Per farlo sorridere gli facevo la smorfia che fa sempre ridere: la tromba scimmietta. Lui non rideva per niente.

Un giorno, per fare il filo a Zélie che è la più magnifica di tutte le mamme, lui le ha dato un appuntamento. Ha detto che avevo dei problemi di disco lessico. In macchina ho chiesto a Zélie cos'era un lessico. Con un tono incoraggiante mi ha spiegato serissima: È una specie di lista per le parole che uno non capisce.

Il mio problema era proprio quello: ascoltavo troppa musica e delle parole non ci capivo niente. Ho deciso di fare degli sforzi. Dei grossi sforzi.

In cortile ci sono delle file. Mi chiedono qual è il mio nome, mi dicono: È bello, Ninon. A me dicono sempre così, e ad Agathe tutte le volte dicono: Hai degli occhi splendidi (azzurri)! La cartella mi batte contro la coscia, Zélie mi ha messo un po' di profumino, ho i capelli lavati da ieri e sono molto educata con tutti per essere sociale. Andrà tutto bene, garantito, avrò perfino una migliore amica che nell'intervallo mi darà delle cicche. Agathe è già nella sua fila, si succhia il pollice e si strofina la punta del naso con una stoffa bianca. È la manica della camicia usata che ha nascosto nella cartella.

Agathe urla: «È la mia e io la tengo!»

Tiene la cartella strettissima contro la pancia. Insisto anch'io: «Perché non vuoi che portiamo le cartelle belle?»

«Perché Raymond le mangerà e magari Cucù ci piscia sopra.»

Non riesco a non sorridere: È vero, gatto Cucù è fatto così, lascia le sue tracce ovunque così non ci dimentichiamo di lui. E Raymond smangiucchia le borse di pelle perché non gli piacciono i tori. Zélie mi chiede di aprire il sacchetto di plastica, ci fruga dentro, non c'è quasi niente, tira fuori il vestito nuovo e il profumino. Mi metto a piangere.

«Non ho niente da mettere a casa di Fred, non voglio andare a scuola tutta sporca lercia... Pefavore!»

«Il vestito, se lo porti là si rovinerà tutto. Ti siederai

nel camino o mungerai con quello addosso. È meglio così, te lo assicuro.»

Nel sacchetto rimangono solo i quaderni, il libro di lettura e una mutandina senza elastico. Raggiungiamo Fred appoggiato al furgone. Raymond mugola, lecca e mi sporca il golf. Fred pesta il mozzicone e partiamo.

Merda, merda, merda! È la sveglia che lo dice. Apro gli occhi, segna le 2 e 40. Sto per richiuderli quando noto che è giorno. Fred corre di qua e di là dicendo: Sveglia del cazzo! Sveglia del cazzo! Agathe si infila i pantaloni.

«Che ore sono?»

Fred corre al furgone e torna ansimando: «Le 9 e 10, merda, merda, merda».

Salto giù dal letto e mi precipito verso il caminetto dove ho messo ad asciugare il golf. L'ho lavato ieri apposta e lo trovo per terra. Raymond ci ha dormito sopra. Lo scuoto e intanto urlo, perché era stato difficilissimo lavarlo con la spazzola e strizzarlo. Agathe piange perché non c'è più lo specchio. Fred risponde che non è colpa sua se Zélie si è portata via tutto e Agathe dice che il bagno di Olive è bellissimo e che la sua, di sveglia, non si rompe mai. Le chiappe di Fred cadono sulla panca, appoggia la testa tra le mani e con una voce rotta, leggermente acuta, mormora: Merda. Cazzo... Merda. Spedisco Agathe sul furgone, là c'è uno specchietto retrovisore per farsi belle. Lei corre poi torna indietro, prende la cartella tutta mordicchiata, storce il naso e se ne va. Chiedo a Fred dentro a che cosa posso mettere i miei quaderni, lui mi lancia uno sguardo angosciato, dico che non importa, è una stupidata, che chiedevo così, tanto per. Prendo il mio sacchetto di plastica e schizziamo.

Il furgone non vuole partire, fa *veeee veeee*, Fred dice: «La batteria è morta...»

Allora corro verso l'altro furgone, corro velocissima per prendere il posto davanti, Agathe urla intanto che salta dentro il bagagliaio con Raymond. La portiera dietro si apre e Fred grida: Bisogna tenerla, non chiude più perché c'è un chicco incastrato nelle cerniere! Mi pettino con le dita, tolgo qualche pagliuzza di fieno spigolosa. Agathe urla per essere sicura di farsi sentire: Che c'è per merenda? Fred risponde che non sapeva di doverne preparare una, non ci ha pensato... Stasera, promesso, ci farà un plum cake. Agathe non risponde, sta strofinando la cartella. Puzza di pipì di gatto.

Il cortile è completamente vuoto, calmissimo, come se fosse chiuso. Agathe mi aspetta intanto che avvolgo ben bene il sacchetto di plastica. Entriamo. Il cortile è immenso. Degli occhi ci guardano attraverso i vetri.

L'attraversamento dura parecchio. Agathe, impettita, guarda fissa lontano davanti a sé. Io continuo ad avvolgere il sacchetto per farlo sembrare piccolissimo. Sotto il portico ci separiamo.

Ho voglia di scappare via, di attraversare il cortile gridando: Morte agli sbirri! come in un film che ho visto a casa di nonnina, di fare un salto da circo, lanciare il sacchetto e vedere i miei quaderni di mille colori volare via.

Entro in punta di piedi, dico: Scusate perdonatemi chiedo scusa del ritardo, è la mia sveglia che non si è svegliata. Se ne fregano tutti, non mi notano nemmeno. Gli alunni sono in piedi, guardano fuori e ridacchiano. Mi avvicino a una finestra.

Dietro il portone, sulla strada, il furgone si muove pianissimo, la portiera del conducente è aperta. Fred cammina di lato tenendo il volante con una mano e spingendo con la spalla la carcassa pesante.

È rimasto a secco sparato.

Io ho fame.

Ci ha detto: Vi porto a vedere il posto nuovo dove andremo ad abitare. Venderemo la casa, perché Zélie vuole riavere la sua parte e io non posso pagargliela, così la vendiamo e vedrete quello che ho comperato con i soldi.

Agathe è contenta. A lei piacciono abbastanza le case, chiede se c'è un bagno con uno specchio, lui risponde: «Sì, certo, un giorno ce ne sarà uno».

È rassicurata, e io pure. Quando Fred è contento non dice più parolacce, e intanto Raymond scodinzola per dire che ha capito tutto.

Il campo è grande, grandissimo. Abbiamo parcheggiato alla fine del sentiero e continuato a piedi per non impantanarci. C'è un boschetto che costeggia il prato, gli uccelli cantano, Fred fischia e alza tanto i piedi per non sprofondare. Le erbacce sono alte come Agathe, le pizzicano la punta del naso. Mangio un fiore di trifoglio.

A un certo punto ci sediamo nell'erba, Fred si stende. Lo informo che c'è bagnato ma lui se ne frega perché è felice. Agathe coglie dei fiori, io la sgrido: I fiori moriranno, fai un gesto egoista che è solo per te (a Zélie non piacciono gli egoisti, li conosce fin troppo bene, in genere sono uomini).

Agathe chiede: «È lontana la casa che andiamo a vedere?»

Fred si alza.

«Se vi va, giochiamo a fuoco fuochino fuocherello!»

Io e Agathe corriamo dappertutto, cadiamo, gridiamo, ridiamo. Verso il sentiero da cui siamo venuti: Acqua. Verso la strada, lontano: Acquissima, acquazzone. Andando verso il boschetto: Fuochino. Brucio, brucio! Continuo, entro nel bosco, davanti a me si apre un bel sentiero, proprio come i viali dei castelli, ma molto più stretto e con gli alberi più piccoli. Urlo: Di qua, è per di qua!

È bellissimo. Ci sono alberi addobbati da ricci di castagne, intravedo dei noccioli e in lontananza degli abeti. Amo l'odore del bosco, l'ombra degli alberi e la luce attraverso le foglie. Fred non risponde. Grido un'altra volta. Agathe mi raggiunge, è come impazzita. Presto, presto, presto, vuole vedere la casa. Mi risponde una voce lontana: Acqua! Torniamo verso Fred che intanto continua a sorridere. Agathe dice che però questa è troooppo una fregatura, qui non ce ne sono di case.

Allora Fred ci fa un gesto misterioso, si alza e noi lo seguiamo. Vicino al bosco, in un angolino invisibile, solleva un telone di plastica. Agathe non ama tanto scherzare, così indietreggia per non rimanerci male. Dico: «Non è una casa, quella».

«Come no, guarda.»

«No, è un mucchio di mattoni e di sacchi di carta riempiti di polvere.»

«Qui la costruiremo noi una casa. Una bella fattoria che si chiamerà Il Giardino.»

Agathe si è avvicinata per sentire. Corriamo al furgone per prendere i picconi. Agathe si mette a urlare perché io ho quello nuovo, allora facciamo cambio. Ed è lì che prendo la mia decisione, quella che cambierà per sempre la mia vita. Definitivamente.

Mio papà ha bisogno di me e io non lo lascerò più.

Se sono una bertuccia è colpa del mio nonnino cinese. Prima di tutto il colore che ho: sono marroncina, e più scura in faccia a furia di curare le capre tutta l'estate. Poi i capelli, nero intenso come il legno d'ebano. E tutto per colpa del nonnino cinese che è un muso giallo originale di Cina, molto severo. In Cina la gente è dura perché ha imparato a tenersi l'amore dentro il cuore, così il cuore si gonfia si gonfia e un giorno, puffete! si svuota come un palloncino della fiera e tutto l'amore vola via. Il cuore, lui, si sente proprio stranissimo e si trasforma in pietra. Qualche volta la pietra si spezza ed è ancora peggio perché la tristezza entra dentro attraverso la crepa, e quando la pietra esplode tutta la tristezza vola in cielo e questo fa venire una depressione tremenda.

A scuola mi chiamano Ninon la bertuccion.

L'unica differenza con la bertuccia è che io non mangio

banane, sono troppo care e non sono di stagione. In più, le banane inquinano l'universo perché prendono l'aereo, e questa è la cosa peggiore. Al posto delle banane, mangio le formaggelle di capra stagionate, quelle dell'anno scorso. Le lascio sciogliere sulla lingua, hanno un sapore forte, buono e poi è uno spreco in meno visto che nessuno le vuole comperare.

Mi piace proprio essere una bertuccia, imito le sue urla eccitate e salto di qua e di là grattandomi sotto il braccio. Agathe vuole fare la stessa cosa ma io le dico: Mica sei una bertuccia, tu. Sei una pietra come i cuori di Cina. Mi chiede che rumore fa un cuore di Cina, vuole giocarci anche lei. Le spiego che non può capire, è ancora troppo piccolina. Chissenefrega, dice, e si arrampica sulla finestra.

«Perché i bambini detestano le bertucce?»

«...»

«Perché piacciono solo ai grandi?»

Fred mi chiede di tacere, si sta concentrando sulla piantina della fattoria. Continuare a gridare alla fine funziona sempre (bisogna dire: Fred, Fred, Fred, Fred, Fred, Fred, e a un certo punto lui alza la matita e dice: Eh?).

«Le bertucce, perché i bambini...»

«Perché fanno troppo rumore! Urlano troppo le bertucce!»

Gli spiego che la colpa è tutta del mio nonnino cinese e che sono stufa marcia, marcia, marcia, ma Fred non mi ascolta, se ne frega, sta calcolando dei numeri con il doppio decimetro. Agathe mi prende per la manica. Lei adora le bertucce. Le piacciono troooppo e un giorno si trasformerà in uguale da tanto le piacciono.

Torno a casa dell'Altro facendo finta di niente. È domenica sera, devo organizzarmi. Zélie è bravissima nell'organizzazione. Talmente brava che il giorno del materasso sul tetto aveva organizzato tutto in anticipo e così Fred non se ne era accorto.

Agathe dorme già quando entro nel letto, la scuoto: «Domani me ne vado. Filo via. Taglio la corda. Telo…»

«Grancoglione dice: Me la svigno.»

«Sssì, esatto: Me la svigno da qui.»

«Smettila di giocare, sto dormendo.»

«Non stai dormendo e io non sto giocando.»

Agathe si mette a sedere di colpo e guarda il muro. Le spiego il mio piano, non dice niente, rispetta in silenzio, come sempre. Le prendo la mano freddissima e le dico: Tu non sei una pietra di Cina, sei una pietra di luna tutta bianca che saluta le stelle. Fa come un sorriso e si sdraia. Mentre si addormenta mi dice: Tengo io la camicia.

* * *

Dentro la cartella ci lascio i libri, e in più ci metto il vestito con le ciliegie, il profumino, della roba da mangiare, una spazzola, una mutandina, due calzini e i miei jeans stinti, quelli che Zélie mi ha comperato alla borsa dell'abbigliamento, con la marca americana. Mi sono rifiutata di prendere i pantaloni, perché gli yankee credono di essere i re del mondo, ma io sono a favore del riciclaggio, così mi sono sacrificata.

A colazione Agathe è molto agitata, rovescia l'infuso di cicoria e Zélie si arrabbia. Agathe si mette a frignare. «Non è colpa mia, è perché guardo Ninon, mi riempio gli occhi per dopo.»

Le faccio una smorfiaccia ma lei continua a guardarmi e non vuole pulire per terra. Zélie non è per niente contenta, dice che adesso sembra andare tutto quanto storto, ci chiede di piantarla di cagar fuori cazzate. Agathe gesticola e si palpa il didietro.

«Ninon, smettila con quelle smorfie altrimenti rimani così per sempre.»

«Freganiente (bocca piena).»

«Non ci si deve mai vergognare di essere belle, sai.»

Agathe urla: «Lei però lo è meno di me!»

«Siete tutte e due belline.»

«Sei una iposcritta.»

«Che vuoi dire?»

«Voglio dire: una bertuccia, mica è bella.»
Zélie mi fa gli occhiacci come la maestra. E partiamo.

Lascio che la piccola Clio faccia la curva, saluto con un ciao ciao e aspetto davanti al cancello della scuola. Controllo che nessuno mi guardi e filo via. Canto: «Un chilometro a piedi, si fa, si fa, un chilometro a piedi e più tu non mi vedi». Ma hai voglia a cantare per tutti quei chilometri! Passo intorno a dei paesi, la gente si gira a guardarmi e si dice: Strana una bertuccia con una cartella così bella!

Mi ero dimenticata che faceva così caldo a fine settembre. Tolgo il golf e mi metto un po' di profumino sotto il braccio come nelle pubblicità al cinema.

Noi la tele non ce l'abbiamo perché fa venire certe idee che non sono interessanti e costano carissime, ma qualche volta Zélie ci porta al cinema. Mi ha detto che quando sarà piena di soldi, tra un bel po' di tempo ma magari neanche poi tanto, al cinema ci andremo una volta al mese. Il problema è che quando ci andiamo buttiamo via i soldi per colpa mia. Ma che ci posso fare, io, se ci sono sempre dei cattivi orrendi e delle musiche che fanno paura! Cerco di trattenermi tantissimo, piango senza fare rumore, mi scappa di andare in bagno, mi abbasso per non vedere tutto, parlo ad Agathe e lei grida: Sst! Allora mi viene fame per colpa della pubblicità che c'è stata appena prima del film e singhiozzo sul serio perché quello cattivo vuole uccidere quello tanto buono. Le altre persone nella sala dicono: Sst! Silenzio per favore... Oppure: La faccia tacere, Diobuono! Zélie si gira, non è contenta contro di loro, dice: È una bambina! La gente sospira facendo un suono che assomiglia al rantolo orribile di una strega e io lì non riesco più a trattenermi, faccio gli stessi rumori di Raymond quando vuole uscire a fare la pipì. Mia mamma si alza, Agathe strilla che il film è bello, pefavore, rimaniamo fino alla fine delle immagini! Ma io sono già fuori, Zélie tira Agathe che continua a strillare. All'uscita, dove ci sono le caramelle davvero troppo care, mi dice: Abbiamo buttato via i soldi.

Continuo a camminare. Sono leggerissima e felicissima, guardo il sole e dopo non ci vedo più. Mi girano attorno delle api. Apro la cartella per mettere via il profumino e mi accorgo che il vasetto di marmellata di fragole (quelle raccolte proprio da noi quest'estate) si è rovesciato sul vestito. Le ciliegie ricamate sono a mollo in un lago rosso. Ho voglia di piangere, di sedermi sull'erba e di non andare da nessuna parte. E comunque non sono neanche più sicura della strada. A furia di fare deviazioni non riconosco più niente. Mi stendo appena giù dall'asfalto con la testa appoggiata sulla cartella zuccherata, rifletto logicamente.

Quando apro gli occhi un signore molto vecchio sta scuotendo sopra di me il suo berretto. È contento di vedermi, sorride con tutti i denti neri, si allontana e torna con una bottiglia, mi alza la testa, parla forte e mi butta dell'acqua sulla fronte.

«Dove abiti, piccola?»

«Abito in una casa che non è proprio una casa e che si chiamerà Il Giardino, la costruirò con Fred, noi soli soletti in autarchia vicino a un bosco di castagni.»

Si accovaccia accarezzandomi la fronte con le manone ruvide. «Non è niente, non è niente, è il sole. E di' un po', come ti chiami?»

«Ninon la bertuccion.»

Ripete: È il sole, che te ce l'ho detto, no, che è il sole? Accetto di salire sul suo furgone visto che non mi ha proposto caramelle.

Tento di spiegargli com'è, il campo, ma lui si innervosisce, dice che i prati sono tutti uguali. Non sono per niente d'accordo ma sto zitta perché lui ha ben altro da fare. Andiamo avanti un bel pezzo, lui non capisce com'è possibile santiddio lasciare i propri figli così in giro, sarà mica un mondo questo, e che quasi gli viene di portarmi dalla polizia. Piango, i poliziotti sono dei cattivi che mangiano noccioline e pollo e mi odiano quando sto seduta per terra sul furgone e dicono che sono nera per colpa dell'attrezzatura da lavoro! Intanto che dico queste cose piango così tanto che non riesco più a fermarmi, allora il signore ritorna gentile, ride dandomi dei colpetti sulla spalla.

Ed ecco il miracolo della mia vita, così urlo andando a sbattere la testa contro il tettuccio del furgone: Quella là, quella là è casa mia!

Il signore entra nel campo, dice: Beh, certo che chiamarla casa... Fred ci viene incontro, mi nascondo, dico al signore di dirgli che sta portando della mano d'opera eterna su cui contare per sempre. Lui è d'accordo, ride intanto che mi sfrega la mano sulla testa e mi dice: Vado matto per la poesia artigianale, e scende dal furgone. Mi sono nascosta, sto distesa con la cartella e il cuore che batte fortissimo come se fossi innamorata, ma in meglio. Chiudo gli occhi che lampeggiano come scintille.

La portiera si apre, io non oso muovermi perché non so bene se sto per essere sgridata o cos'altro.

Fred è lì, non dice niente. Mette giù la falce e mi abbraccia.

Da fuori, mi piovono sulle guance delle gocce e lo sento dire: La mia bimba, la mia bimba...

Io non volevo ma lui l'ha fatto lo stesso. Mi ha detto che bisognava discutere seriamente in famiglia per mettersi d'accordo. Non ci credo assolutamente, perché è tanto che loro non vanno più d'accordo su niente. Ogni volta le cose peggiorano.

Il sole è bassissimo dietro gli alberi quando la Clio si ferma all'inizio del sentiero. Per fortuna l'Altro non è venuto. Sennò avrei fatto zitta e mosca. Zélie guarda Fred con cattiveria, lui ha un'aria dispiaciuta, dice che non è colpa sua, lei dice che la colpa non è mai sua, e tanto non gli crede più, prima mi ha fatto bere il cervello con i suoi progetti impossibili e adesso pensa di darla a bere a lei. Rido: mi piace molto quando le persone ripetono le stesse parole, è quando sono molto allegre o molto arrabbiate e non sanno più quello che dicono. Tra poco lei farà: Sono di corsa, vado. Non me le bevo più le tue… Infatti Zélie beve proprio raramente, visto che è ragionevole, lei. È quella la differenza con il mio papà.

Dopo Zélie smette di gridare e non ha più niente da dire, mi guarda. Io pulisco il terreno con un roncolino tutto piegato. Domani smuoveremo la terra con la motozappa e inizieremo a tracciare i piani.

Il sole tramonta, le erbacce ancora alte luccicano e le ombre si allungano. Zélie è bella, i lunghi capelli scuri volteggiano e lei strizza gli occhietti a mandorla. Fred, appoggiato sulla falce, la guarda. Un grillo canta. Zélie dice: «La fai lì?»

Lui annuisce, lei sospira.

«Quando sarà abitabile?»

«Tra un mese, quando venderemo La Désarmerie.»

Zélie alza le sopracciglia. Fred insiste.

«Sarà una bella esperienza per Ninon. Ci starò attento, promesso.»

Zélie gli dice che le promesse lui non le ha mai mantenute. Fred non la pensa affatto così, dice che si è adeguato alle contingenze della vita e che sta facendo tutto quello che può, ma che lei vede solo quello che lui non fa. Zélie risponde: Certo, certo. Non mi badano più e così vado a specchiarmi nell'acqua del vecchio pozzo, quello dove ci sono le rane. Quando torno lei mi chiede se sono sicura completamente al cento per cento con cognizione di causa. Le dico che conosco mio papà a memoria, che non sono ingenua come lei in gioventù e che comunque sia, se mi riporta da Granco... Olive, non ci rimarrò perché non voglio chiudere il cancelletto. Zélie si arrabbia con gli occhi e se ne va, dice che non ho più le mie idee personali, che mio padre mi ha influenzato per gelosia. Io rido fortissimo perché non sarò mai gelosa di Grancoglione, mai e poi mai! E corro a nascondermi nei boschi.

Quando non sento più la macchina, torno. Andiamo a comperare il pane per farci dei panini e poi passeremo la nostra prima notte in casa, sotto il cielo d'autunno. Ascolteremo le foglie volare via e domani mattina ci sveglieremo sotto la rugiada con gli uccelli selvatici.

«No grazie, non lo mangio.»

«Qui tutti i bambini ne assaggiano un pezzo prima di dire non mi piace.»

Non rispondo, lei non può capire, non lo sa. Ma io lo so. Carne vuol dire capretti che piangono, che fanno un piccolo belato acuto e cercano la loro mamma dappertutto prima di morire al mattatoio. Sul furgone, durante il tragitto, i capretti carinissimi mi ciucciano le dita. Nella stalla le loro mamme belano forte, in un modo serissimo che ti strappa il cuore perché sanno che non rivedranno più il loro cucciolo. Fred è talmente triste, dice: Sono dei maschi e noi non ci possiamo tenere così tanti caproni, proprio non è possibile, non è colpa mia.

Piango senza fare rumore. In realtà ne faccio, ma non mi si sente perché ci sono i caprettini che stanno andando a morire.

Dopo il mattatoio Fred non parla per un bel po' e

Raymond non guaisce più, si mette disteso e fa gli occhi tristi, non vuole neanche più mordicchiare i polpacci dei capretti.

La signora della mensa è arrabbiata. Con le mani sui fianconi dice: Assaggia! Io da qui non mi muovo! I bambini continuano a mangiare la carne e le patatine, si sorridono tra di loro, allora dico: Una bertuccia mangia solo noccioline. I bambini si mettono a ridere tutti insieme e poi si fermano di colpo perché la signora ha urlato: Assaggia!!! Allora mi alzo e gliele canto in faccia, dico che sono tutti quanti delle pecore che pensano nello stesso modo. Loro mi guardano, appunto, tutti nello stesso modo, con un'aria stupida da pecora scema, gli dico che hanno delle idee televisive senza personalità e che la loro unica felicità è comperare cose inutili stracare che non valgono un tubo, e che quando ce le hanno non le vogliono più (è come l'amore, spesso succede la stessa cosa). Però questo non lo dico perché intanto me ne sono già andata. Vado via sul serio. Mi nascondo dietro la chiesa, la gente mi cerca gridando, la maestra ha una voce sempre più acuta e alla fine non ce l'ha proprio più. Qualcuno dice: Bisogna avvertire i genitori! Una donna agitata urla: Lo abbiamo fatto, ma a casa del suo patrigno (patrigno?) non rispondono e sua madre non ha il cellulare. Qualcuno dice che i cellulari sono ne-ces-sa-ri, lo si vede in circostanze drammatiche come quella. Suo padre, chiamiamo suo padre. Lui non ha il telefono... Come? Nemmeno il fisso? Una donna dice che davvero quello non è serio, che forse dovrebbero considerare di avvisare l'assistenza sociale. Io sobbalzo. La parola che hanno detto mi fa pensare a qualcosa ma non so più a cosa. Il cuore mi fa rumore in testa, mi impedisce di avere le idee chiare. Aspetto il silenzio e mi allontano nascondendomi tra le case.

Non andrò più a scuola, mai più, più, più.

Prima abbiamo spianato il terreno e poi abbiamo fatto dei solchi molto profondi. Si chiamano fondamenta. Dopo ci abbiamo colato del cemento. Siamo contro il cemento perché è un materiale che non lascia respirare i muri, ma in certi casi bisogna accettare l'evidenza: il cemento è brutto e soffocante però è solido.

Io e Fred non siamo degli estremisti, non siamo dei centopercentobio. I centopercentobio sono quelli che hanno talmente paura dei prodotti chimici da consumare solo tutto quello che non ne contiene, tra cui una marea di cose inutili. Basta che gli dici: È naturale, e loro comprano. Noi ci adeguiamo nel concreto con le finanze che abbiamo, restando però fedeli ai nostri ideali di libertà, è tutta un'altra roba.

Così abbiamo fatto la colata di cemento. Con il trattore che (miracolo!) ha deciso finalmente di partire, siamo andati a prendere della ghiaia che una specie di gru ha buttato sulla piattaforma del fieno senza fieno. Siccome nel campo non abbiamo l'elettricità, Fred ha fatto tutto il cemento con il badile, l'ha mischiato con la sabbia, c'è voluto tantissimo e ha sudato parecchio. Io tenevo in mano una bottiglia d'acqua e bagnavo. Ci sono voluti diversi giorni. Dopo con della ferraglia abbiamo fatto la soletta. E Fred ha mischiato ancora del cemento. Mi piace tanto quando si butta sulla spalla i sacchi, sembra facile ma in effetti un sacco pesa come Zélie, sono cinquanta chili. Da quando lo so, ogni volta che ne solleva uno io mi immagino Zélie che ballonzola sopra la sua spalla. Mi piace tanto.

Di Fred si potrebbe pensare che non è uno efficiente perché cammina piano, guarda il cielo, calcola la luna per sapere se è calante o no (per l'orto è importantissimo), calcola anche il sole così capisce l'orientamento (per la luminosità bisogna assolutamente individuare il sole a mezzogiorno in punto), beve con tutta calma per valutare la qualità dell'acqua nel nostro pozzo con le rane... Insomma, se uno non lo conosce davvero, lui ha quell'aria lì, tranquillina. Ma la grossa differenza con gli altri è che i suoi sogni sono così potenti da dargli l'energia per lavorare perfino di notte, continuamente, persino sotto la pioggia o sotto il sole, anche se nevica. E ha dei sandaletti magici che porta tutto l'inverno, senza calze. Lui rifiuta gli stivali di gomma e le scarpe da operaio. Mio papà ama sentire la natura tra le dita dei piedi.

A cucinare ci penso io. Abbiamo allestito un piccolo falò al riparo di una quercia centenaria e ci faccio abbrustolire le castagne. Ovviamente preparo anche la pasta con il formaggio di capra alla cenere, la mia specialità. A volte vado a funghi, ma tendo a confondere l'Amanita caesarea con l'Amanita muscaria e Fred si rifiuta di assaggiarli, sbatte via il piatto e mi sciacqua le mani nel pozzo delle rane. Dico: Così avveleniamo le rane! A lui non gliene frega delle rane. Dopo mette nella padella della calce viva per disinfettarla e urla perché si sbruciacchia le dita graffiate.

Fred è noioso con le sue paure. E ne ha altre, come le vipere e gli incidenti di moto, ma lì mi fa compassione perché è per colpa dei ricordi. Ah, sì: ce ne ha un'altra ancora, sono le prese elettriche, ed è per questo che a casa nostra non avremo mai l'elettricità, per guarirlo dall'infanzia. Chiaramente è anche perché siamo contrari alle centrali nucleari che inquinano il cielo.

Sopra la mia cartella ci ho incollato due piccoli autoadesivi rotondi. C'è uno che fa: Nucleare? No grazie e l'altro: Fate l'amore non la guerra. Vado matta per questo qua.

Cominciamo a tirare su le file di mattoni. Io tengo la livella in bolla e Fred mescola la calce con la sabbia per incollare i mattoni tra loro. Delle volte si arrabbia perché io non ho messo la bolla al centro e il muro va storto. Gli spiego che a me le curve piacciono, lui non è d'accordo, dice: La travatura! Non ci pensi alla mia travatura?

Dopo fa dei calcoli, afferra una macchinetta lampeggiante e disegna dappertutto delle righe blu.

Mi chiede se, visto il cielo, stasera voglio tornare a casa, io dico di no, dico: Casa mia è qua, e non dormirò da nessun'altra parte se non a casa mia.

Zélie è venuta a prendermi perché è il suo week end. Non sembra tanto contenta di vedermi, e ha pure una faccia strana. Agathe salta sopra la soletta, dice: Troooppo troooppo bello! Le spiego tutto quello che ho fatto, le faccio vedere l'accampamento, è gelosa perché dormo sotto le stelle. Zélie le dice di non andare dappertutto, che poi si sporca. Troppo tardi. Le piacciono le righe blu sui muri, chiede: Perché sono storte, le righe? Le spiego che è per la stranezza delle circostanze e che non ha guardato bene, sono dritte perché le ha calcolate la livella al laser. Indietreggia: È vero sai, è il muro che va tutto storto…

Fred è al pozzo, riempie d'acqua i bidoni per stendere la calce, versa l'acqua in una vasca arrugginita e dentro si formano un sacco di bolle, delle magnifiche bolle bianche. Zélie urla: «Ragazze venite qua, quella roba brucia!»

Ci allontaniamo con Fred, gli occhi pizzicano troppo, lui è tutto bianco, ha i capelli e le sopracciglia che sembrano cotone. Zélie vuole assolutamente parlargli.

«Non dormirete mica qui?»

Fred sorride.

«È Ninon a volerlo.»

Questa è la frase micidiale, quella che Zélie odia più di tutte, soprattutto se la dice Fred.

«Lo sai che tra dieci giorni firmiamo. Dove andrete ad abitare?»

Fred scuote la testa e viene fuori un fumo bianco. Assomiglia a un angelo, lo dico a Zélie, che fa: Sì, un angelo, come no...

«Andrà tutto bene, ci sarà il tetto prima di allora.»

«Mi prendi veramente per... Dici che andrà tutto bene?»

«Esatto.»

Zélie gli si avvicina ma intuisco che non è per baciarlo. La bocca le si storce e le mascelle si muovono come quelle delle capre quando masticano l'erba.

«Voglio essere gentile e lasciarti Ninon, ma ci sono dei limiti che non si possono superare. Se...»

Urlo: Non tornerò mai, ma allora un mai e poi mai che neanche te lo immagini, non ritornerò mai dal cicisbeo (è una parola nuova che Fred mi ha insegnato, ha persino imitato i gesti e non sai quanto abbiamo riso!). A Zélie non piace la parola nuova, se ne va tutta impettita verso la Clio e poi si gira: «Fred, se va avanti così, mando un'assistente sociale e ti tolgo la custodia di Ninon».

Urlo che non m'importa, non abbiamo bisogno di un'assistente! Non abbiamo bisogno di aiuto! Noi ci facciamo carico delle nostre responsabilità di esseri umani sul pianeta Terra e sono stufa marcia della Signora Assistenza che viene sempre a cacciare il naso dappertutto, marcia marcia marcia, e che se va avanti così, un giorno diventerò infelicissima.

L'ultima parola non è che la penso veramente, la dico perché è bella e la puoi allungare intanto che la dici. Zélie dice: Andiamo via. Agathe mi lascia il posto davanti per la parola molto rara che ho appena detto.

Zélie questo week end mi ha dato un soprannome, lo stesso che mi dava la maestra quando ero giovane: Diomio.

A casa dell'Altro la vasca non c'è, ma per l'occasione, perché c'è un'emergenza, hanno riempito un grosso catino e ci sto dentro tutta intera. Agathe frigna perché vuole fare il bagno con me e lì è troooppo piccolo. L'acqua è marrone scuro, colore dei miei occhi, sono io che stingo. Zélie mi strofina la schiena con un guanto, dice: Diomio, Diomio.

Non vedo dove sta il problema, sicuramente nella sua testa. Un giorno mi ha spiegato che quando sarà piena di soldi, magari neanche tra così tanto tempo, perché ha dei progetti, un giorno prenderà appuntamento con qualcuno che le svuoterà la testa, e dopo si sentirà leggera.

La lascio sfregare per un bel po' e quando mi tocco il corpo si staccano dei pezzettini di pelle, come delle palline nere. Mi sa proprio che mi sta togliendo il mio quarto di Cina.

Agathe è tutta bianca, come Fred, con gli occhi belli. Io no. Nonnina preferisce Agathe perché è sicura che è proprio della sua famiglia, di me invece non è sicura, con la madre che mi ritrovo. Fred urla tantissimo quando lei dice così e dopo mi ama ancora di più.

Zélie mi palpa i capelli a lungo per controllare. Ho sempre i pidocchi nonostante il trattamento. Dice che è Fred a rifilarmeli perché lui i capelli non se li lava. Me ne frego, sono abituata a questi insettini che ti grattugiano, spesso li acchiappo appena sopra le orecchie o sulla nuca e li faccio scoppiare con le unghie. All'inizio li lasciavo vivi e li imprigionavo in una scatola di cerini perché sono contro la pena di morte, ma quando Zélie ha trovato la scatola è stato un dramma, ha urlato, e adesso non mi è più permesso collezionarli. Zélie detesta i pidocchi.

Dice: Diomio, Diomio... Passa il pettine e si ferma gridando: Diomio! Ma che roba è questa? La tengo altrimenti cade. Una volta è svenuta perché mi sanguinava il naso, mi era toccato svegliarla passandole sulla faccia il panno umido su cui era scolato il mio naso, così poi lei si è ritrovata tutta impiastricciata di sangue ed era ancora peggio.

Per cercare i pidocchi mi tocca la testa, mi piace molto quando mi accarezza i capelli, è tanto dolce. Ma adesso non mi tocca più, urla: Presto, presto, andiamo dal dottore! Agathe chiede se il dottore le ascolterà il cuore. Zélie dice: No, non il tuo. Agathe piange, vuole che lui ascolti il suo di cuore, non è giusto, no.

Sono nata grazie alla morte.

A Zélie interessa molto la vita quando non si ha più il corpo, con la luce, il tunnel e tutta quella roba lì. È per questo e per un sacco di altri motivi (quelli che io sono troppo piccola per capire) che ha tentato di sperimentarla a quindici anni. Quando si è svegliata era triste perché non aveva visto gli angeli. Le veniva da vomitare e le faceva malissimo la pancia. All'ospedale, invece di lavare la patatina e tutto il corpo, i dottori lavano l'interno. A Zélie avevano lavato lo stomaco, e lei ha pianto molto perché quando si è svegliata c'era tutto bianco, e si è detta: Ce l'ho fatta, sono gli angeli! Ma non era affatto così. L'ha capito quando è arrivato suo papà, che si è messo a urlare tanto perché, uno: lei aveva ingoiato tutte le sue medicine e lui non aveva più la ricetta, due: sua mamma era un pochino triste e a furia di piangere non riusciva più a fare da mangiare, tre: aveva voluto fare ancora quella che si rende interessante, e brava, aveva fatto proprio centro. Dopo ha detto: Bene, prendi le tue cose, si torna a casa. Zélie ha risposto: No, altrimenti mi riammazzo. Lui sorridendo ha mormorato: Neanche questo sei capace di fare. Poi ha spalancato gli occhi (difficilissimo da fare per uno che ce li ha a mandorla come lui): Se non torni a casa ti metto in un istituto di rieducazione per delinquenti balordi. Zélie ha detto di sì, che comunque era molto meglio che tornare da loro. Suo papà ha proprio smesso di ridere e ha urlato: Basta così, si torna a casa!

Allora Zélie è tornata, senza dire più niente, e non ha rivolto mai più la parola ai suoi genitori, parlava solo con i fratelli e le sorelle quando la porta della loro camera era chiusa a chiave.

Le mie ziette e i miei zietti li conosco bene. Delle volte vengono in vacanza da noi. Sono stragentili, vogliono dimenticare la loro infanzia, ma proprio sul serio, perdonando il mondo. Però delle volte non funziona, allora prendono le medicine dell'assenza (quelle che anche quando tu gli chiedi delle robe sceme loro ti dicono di sì senza guardarti). Mia mamma non le mangia quelle pillole, è arcicontraria alle medicine perché fanno male allo stomaco.

* * *

Zélie è tornata a casa e ha fatto la scuola che si marina. Zélie era bravissima a scuola (non come me), e tutti le volevano bene. (Quando una è triste, pare che è piena di amiche, loro le portano regali e le fanno domande, e una può piangere tra le loro braccia. Per me è il contrario, mi sa che io sono davvero troppo felice, per questo di amiche non ne ho proprio.)

Alla scuola che si marina Zélie era ancora più brava che nell'altra scuola, faceva delle scemenze divertentissime e anche pericolose grazie al suo coraggio. Questo succedeva a Parigi, perché Zélie è una parigina di Cina, e un giorno, in una piazza con una fontana, ha visto i ragazzi. Suonavano la chitarra e passavano con il cappello dicendo: «Una monetina per l'artista» (allora c'erano i franchi, non costava tanto una monetina). Un loro compagno andava a comperare le birre con i soldi del cappello e ruttava per dire grazie. A Zélie piace la musica perché a casa sua era vietata, come tutto il resto. Quei ragazzi li trovava bellissimi (tranne quello che aveva la cresta da punk). La cosa che le ha fatto impressione è che erano liberi come il vento. Fred era già vecchio, aveva diciott'anni.

Hanno parlato tanto. Fred aveva riflettuto molto per l'età che aveva, sapeva che strada fare nella vita, voleva costruire una fattoria biologica in autonomia equa. Aveva appena smesso di andare a scuola, e per mandare a cagare il preside il giorno della maturità era andato a raccogliere fragole. I ragazzi vivevano in una capanna che si erano costruiti loro nel bosco. Zélie ha preso l'indirizzo.

Erano quasi le vacanze di Ognissanti. Zélie aveva pensato una strategia con la sua amica Charlotte: lei ha detto che andava a casa di Charlotte e Charlotte ha detto che andava a casa di Zélie, sono partite in autostop e arrivate fino in campagna.

Zélie non è mai ritornata a casa sua.

Un giorno che stava facendo l'autostop con Fred, un pervertito (un uomo, insomma) li ha presi su in macchina e invece di portarli dove volevano andare ha attraversato un bosco che persino Fred non conosceva. Era notte e hanno avuto tanta paura, alla fine sono riusciti a scappare via, ma l'uomo pericoloso li ha cercati con i fari. Loro hanno corso, corso, corso. Poi Zélie si è ritrovata da sola e ha corso ancora fino alla polizia. L'uomo aveva sicuramente ritrovato Fred e lei voleva salvarlo perché lo amava già da tre settimane. Alla polizia le hanno chiesto la sua identità e lei l'ha data al volo, senza pensarci, per paura, ed è stato lì che un agente ha chiamato il suo collega e ha detto: Mi segua, signorina.

Qualche ora dopo è arrivato suo papà, stanco perché aveva guidato tutta la notte. Zélie era anche un pochino contenta di vederlo, visto che aveva fatto un lungo tragitto apposta per lei. Quando è arrivato, ha detto: Si torna a casa. Lei ha detto di no. Lui ha aggiunto: Tu torni a casa oppure ti metto in un istituto per adolescenti sballati. Lei ha detto: Mi sta bene l'istituto sballato.

Nel frattempo avevano ritrovato Fred, era tutto okay, il pervertito lo aveva lasciato perdere perché non c'era più la ragazza con le tettone. Fred è entrato nell'ufficio con i muri bianchi e ha ascoltato la discussione. Il papà di Cina lo ha guardato un attimo sotto le luci al neon che crepitavano. Zélie ha ripetuto: Mi sta bene l'istituto dei fuori di testa. Suo papà ha guardato ancora Fred e ha buttato lì secco: Torni a casa oppure ti sposi per l'emancipazione (adoro questa parola, è lunghissima, bellissima e rarissima, non la sento mai dire da nessuno). Fred ha scosso la testa per dire di sì.

Qualche giorno dopo si sono sposati nel paese dove abita nonnina. Lei non era contenta perché non c'erano né la festa né i pasticcini con la panna come si vede negli sceneggiati americani. Si sono sposati in comune, l'amica di Zélie e il punk che rutta hanno fatto da testimoni e i miei genitori si sono tolti le scarpe per avere la benedizione della Terra. Purtroppo c'erano piastrelle dappertutto e cemento, ma almeno mostravano le loro idee di futuro sposandosi a piedi nudi. La gente del paese li guardava dalle finestre e faceva certe facce, come quando c'è un funerale.

Era un matrimonio per sistemare le cose tra amici, per

dare la libertà a Zélie. In realtà, dopo averci riflettuto, alla fin fine lei preferiva un po' più l'amico di Fred, quello che passava con il cappello. Le piaceva molto perché lui la guardava tutto il tempo senza dire niente con un mistero negli occhi. Fred invece preferiva Charlotte, che rideva molto più spesso di Zélie. Purtroppo, senza fare apposta, per caso, un semino che assomiglia a un girino ha nuotato fino a un uovo di Zélie, le è entrato dentro e lei non ha più avuto le mestruazioni. Allora hanno deciso di aspettare un attimo prima di lasciarsi. Il problema è che Fred ha cominciato ad amare Zélie, e lei, anche se ha sempre detto il contrario, si è abituata a vederlo tutti i giorni, e delle volte c'era un pochino d'amore che arrivava, un soffiettino dolcissimo.

Adesso, però, non è più così.

Un dottore è qualcuno di molto serio seduto dietro la scrivania che scrive su dei fogli e che si alza lentamente senza fare rumore per ascoltare il cuore e mettere un salvagente intorno al braccio. Zélie odia i dottori, non ci crede per niente, dice che hanno imparato a memoria un libro e fanno finta di sapere tutto. Dice che danno le medicine dell'assenza a chiunque senza cercare nell'infanzia, e agli altri ammalati danno dei batteri killer che eliminano tutto quanto, anche i batteri positivi, oltretutto, delle volte quelli sono virus che si curano da soli, e invece dopo il dottore dice che è grazie a lui se i malati sono guariti.

Stavolta non mi ascolta il cuore. Sono seduta su una tavola coperta di carta, c'è puzza di candeggina chimica. Mi guarda i capelli, si lava le mani e mette i guanti. Respira molto forte. Zélie è seduta di fronte alla scrivania, Agathe chiede se guarderà anche la sua di testa. Il dottore afferra una macchinetta e mi guarda il cranio con una luce. Mi tira i capelli e loro gli finiscono in mano da soli senza farmi male. Non sento proprio niente. Lui storce la bocca ed ecco che ci si mette pure lui, è sicuramente un soprannome di moda, una roba dentro qualche pubblicità, mormora: Diomio, Diomio... Zélie ha smesso di respirare, ha preso Agathe sulle ginocchia, la stringe fortissimo.

Alla fine ho il permesso di alzarmi, il signore disinfetta tutto e si lava le mani tre volte con un prodotto marrone che è andato apposta a cercare nel suo armadietto, poi torna alla scrivania. Legge il libro aggrottando le sopracciglia, guarda Zélie con un'aria da maestro per niente contento, lei si difende, dice: «Ninon abita a casa del padre».

«La rogna.»

«Le dispiacerebbe spiegarsi meglio?» (Zélie è molto educata quando ha paura.)

«Ha la rogna. Una malattia del Medioevo sparita dalla notte dei tempi. Ma Diobuono! (È ancora meglio di Diomio, è più gentile, gli sorrido.) Dove diavolo ha potuto contrarre una malattia ormai debellata?»

Mi tocco la testa, i posti dove non ci sono più i capelli sono morbidissimi, faccio toccare ad Agathe ma Zélie mi picchia sulla mano. Faccio: «È buffo, Cucù ha la stessa roba».

Il dottore urla: «Un cuculo?»

«Gatto Cucù ha dei buchi tra i peli ed è morbido come quando Fred si fa la barba, solo che non profuma di sapone.»

Zélie mi dice di andare ad aspettare nel corridoio e curare Agathe che piange perché del suo cuore e della sua testa non gliene frega niente a nessuno. Dice che lei più avanti farà il dottore e si ascolterà il cuore tutto il giorno per recuperare il ritardo.

Quando Zélie ci raggiunge, ci trascina veloci in macchina. Ci fermiamo davanti a un negozio di parrucchiere. Sono allegra perché non sono mai stata dal parrucchiere, per questo ho i capelli lunghissimi. Zélie parla con l'uomo, lui arriccia il naso, lei insiste facendo quella che è infelice, un po' come quando parla alle sue amiche, ma più in bello visto che il parrucchiere è uomo. Alla fine lui dice di sì. Agathe chiede se anche a lei e urla perché soltanto a me. Agathe ha dei bei riccioli di cui è molto orgogliosa perché sono gli stessi di Fred. Un giorno avrò anch'io i capelli coi boccoli, basta mettersi i bigodini come fa nonnina, con un prodotto che puzza. Zélie mi parla a bassa voce, dice: Ninon, devo prepararti psicologicamente, avrai i capelli molto molto corti, è inevitabile per via della malattia, sarai bellissima, non è grave, non è affatto grave. Agathe cambia idea alla fine, non vuole più tagliarsi i capelli, il parrucchiere è cattivo a rubarle i suoi ricciolini. Zélie risponde che non glieli toccheranno, i suoi capelli, ma soprattutto che lei non dovrà più dormire con me in questo periodo. Agathe non dice più niente, si succhia il pollice.

Il signore mi taglia i capelli con le forbici, intanto guarda Zélie e dice, come se gli venisse da vomitare: Lo faccio perché è lei. Dopo comunque le sorride e rade tutto quanto con una macchinetta che trema.

Non ho più la stessa faccia, la bocca è ancora più grossa di prima e la testa è un palloncino della fiera. Zélie mi dice che sono bella, che i capelli rasati sono magnifici sui visi sottili. Mi fa degli occhioni contenti esagerati e intanto si tocca i capelli setosi che brillano. In macchina, li raccoglie a chignon con dei bastoncini cinesi di legno.

La rogna... Un giorno nonnina mi ha detto: Tu sei una vera rogna. Aveva ragione.

All'inizio Fred non mi ha riconosciuta, ha pensato che ero un ragazzo che passava di lì. La Clio era parcheggiata in fondo al sentiero, gli andavo incontro attraverso le erbacce. All'improvviso è sobbalzato, ho detto: Mi hanno tagliato i capelli per colpa di gatto Cucù e adesso sono una rogna. Lui mi ha preso tra le braccia dicendomi che non ero affatto una rogna, che ero la più carina del mondo, insieme con Agathe chiaramente. Ho strillato che sì, lo ero, e che lui non capiva proprio niente, che non era igienico e che bisognava cambiare sennò la Signora Assistenza sarebbe venuta a darci dei soldi per forza di cose! (Zélie ha detto quest'espressione a un'amica molto scioccata questo week end). Fred si è messo a urlare: Ma che cazzate sono queste? Voleva andare a parlare con Zélie ma intanto che si avvicinava ha visto l'Altro al volante. Zélie non è uscita dalla macchina. Neanche

Agathe. La Clio è partita e Fred ha ripetuto: Diomio, ma qui danno tutti i numeri?

Ero molto delusa: anche mio papà, che eppure si protegge, era influenzato dalla moda dei soprannomi. Mi sono chiesta se tutta la gente chiamava così le ragazzine. Al mercato di Durtal, vendendo i formaggi, ho ascoltato bene tutte le mamme quando parlavano ai loro figli, però delle volte non volevano essere seguite, facevano: Fuut, fuut, scrollando la mano nella mia direzione. Le ho ascoltate tutte, ma nessuna diceva quella parola. A un certo punto, una signora vestita benissimo con un cappotto nero lucente si è girata verso di me, ha detto: Diobuono, ma perché questo marmocchio ci segue dappertutto?

Quel giorno ho accettato l'evidenza.

Zélie ha accettato di farmi cambiare scuola perché io in quella là non ci volevo proprio più andare. Ha riflettuto e mi ha spiegato che, alla fin fine, era meglio così, avevamo cominciato con il piede sbagliato e in più, con il cambiamento di pettinatura, era meglio se mi adattavo in una scuola nuova. Ho chiesto per Agathe, se anche lei avrebbe cambiato, ma mi ha detto che non era necessario perché lei aveva cominciato con il piede giusto e con la maestra andava tutto benone.

Spiego a Fred che, sinceramente, detto tra noi, a

scuola non ci voglio andare. Lui mi dice che mi capisce benissimo ma che devo assolutamente farlo sennò Zélie gli toglierà la custodia. Io dico: «Metà e metà».

«Minimo due giorni alla settimana.»

«Non il martedì, c'è il mercato di Durtal.»

«Dammi un cinque!»

A scuola le ragazze non vogliono giocare con me perché sono un ragazzo e i ragazzi non vogliono perché sono una ragazza. Girala di qua, girala di là, per non giocare c'è sempre una scusa, prima era perché ero una bertuccia oppure, quand'ero giovane, per colpa della pipì che puzza. Me ne frego, io ci vado perché ho promesso (Zélie mi ha insegnato a mantenere le promesse per non diventare un uomo).

Il maestro è piuttosto buono per essere un maestro. È perché nella pausa di mezzogiorno suona la fisarmonica. Intanto che i bambini fanno finta di giocare, mi siedo contro la porta e lo ascolto, è meravigliosa la musica della fisarmonica, fa piangere in silenzio. Il maestro fa anche un'altra cosa carina: ci fa lo yoga dello spirito. Per cinque minuti rimaniamo in silenzio, appoggiamo la testa sul banco e buttiamo i pensieri nella spazzatura scrollando le dita. Gli altri non ci riescono, dicono che è una scemata. Io sono bravissima in quello e delle volte quando riapro gli occhi è già l'intervallo.

Il maestro mi dice che vorrebbe prendere appuntamento con il mio papà. Gli rispondo che c'è mica tanto da rischiare, visto che Fred i prof proprio non li può soffrire e che per dimostrarglielo è andato perfino a raccogliere le fragole invece di fare la maturità. Il maestro sorride, dice che uno dei prossimi giorni passerà a casa nostra, se a me va bene, per mio papà sarà più facile discutere. Non è che sono proprio sicura sicura, ma dico: Okay, fisarmonica che piange.

È il nostro quinto giro di furgone questo, le capre sono un po' nervose perché pensano che stanno andando a morire. Io glielo spiego che va tutto bene, si trasloca, tutto qua. Belano e cadono nelle curve, inciampano nelle scanalature con gli zoccoli. Sto seduta sulla ruota di scorta per curarle. Fred guida adagio, Raymond è seduto davanti, mette fuori la testa dal finestrino aperto e fa penzolare la lingua. Raymond è felice ovunque, basta che ci siamo noi.

Ieri siamo andati dal notaio, Fred era tristissimo di vendere la casa perché è colma di ricordi. A Fred i ricordi piacciono tanto. È una delle differenze con Zélie.

Visto che il tetto non è affatto pronto, dal momento che non c'è neanche la travatura perché non è che abbiamo proprio tanti mezzi al momento, abbiamo messo un telone di plastica trasparente appoggiandoci sopra dei mattoni che stanno in equilibrio sui muri. Per terra Fred ha ammucchiato della sabbia rossa che si appiccica alle scarpe, è meglio camminarci a piedi nudi. Per dividere la camera dalla stanza principale abbiamo fissato con i chiodi delle assi di quercia. Fred ha detto che costruirà il caminetto, è molto importante un caminetto, è la base essenziale di una casa calorosa, specialmente in pieno novembre. In realtà la vendita è stata rimandata di un po' per colpa di documenti complicati, e a noi quello ci faceva comodo. Nella sala d'attesa del notaio Zélie ha chiesto: «La casa è pronta?»

Fred si è girato verso di me: «Che ne pensi di casa nostra, Ninon?»

«Certo che è pronta la casa! (Strizzatina d'occhio ad Agathe, che sa.) Ho persino una vera camera!»

Fred ha guardato fuori come se niente fosse e Zélie ha sospirato come se noi fossimo dei bugiardi.

Le capre non belano più. O hanno accettato il loro destino (Zélie mi ha spiegato che ci sono delle tappe prima di morire, all'inizio si è molto arrabbiati, ci si sente abbandonati dalla vita, si è tristi, e dopo si diventa quasi contenti, insomma non sempre), dicevo: o sono nella fase cinque dell'accettazione tunnellesca, oppure hanno capito che stiamo arrivando nella loro nuova casa. Solo

Pépite e Chocolat continuano ad avere paura, ma per loro è normale, sono speciali.

Fred dice: Oh, cazzo, non ci credo! Salta giù dal furgone, si scaracolla, corre intorno ai muri di mattone, cerca di afferrare un angolo di telone che si impiglia nel vento. Le capre ricominciano a belare, Cam e Embert si prendono a cornate, Raymond abbaia vicino al telone perché torni giù. Raggiungo Fred e lui dice: «Oh cazzo, non ci credo, che storiaccia!»

«Non preoccuparti, cercheremo gli amici che ci aiutano, come prima.»

Si siede su un mattone e si gratta la testa per riflettere.

«Fred, perché non vediamo più i nostri amici?»

Si alza in piedi, si sfrega i pantaloni e fa: «Sssì. Non c'è ragione di non vederli più, dopo tutto...»

Sono fiera di aver trovato una soluzione, questo dà un senso alla mia vita (come dice spesso Zélie quando pensa).

Prima passiamo da Toinou e Gaëlle, loro sono degli amici nostri troppo simpatici che venivano sempre a dare una mano, così dimenticavano di litigare (è per la disoccupazione: quando ci sei dentro stai sempre in casa con il tuo innamorato, però a furia di vederlo finisce che ti tira i nervi, anche perché oltretutto non guadagna soldi). Gaëlle, lei, mi adora, un giorno avrà una bambinetta come me, ma senza le mie scemenze e un po' meno chiacchierina.

Toinou apre la porta e fa: «Ah».

Sono in piedi davanti a Fred, perché sono stata io a premere il campanello usignolo. Dico ciao e tutta quella roba lì, chiedo notizie e tutta quella roba lì. Toinou dice sempre: Ah… Ehm… Sssì.

Gli sorrido: «Beh, ma mica è tutto, ci inviti a bere un succo?»

«È che… Ho un lavoretto da fare.»

«Allora non sei più disoccupato, fantastico!»

Toinou fa una faccia strana, dice che non è proprio così ma che insomma, gli spiace, non può farci entrare. Le capre belano, le si sente da qui. Forse crede che vogliamo piazzarci in casa loro o qualcosa del genere. Fred si volta, dice: Merda! Ci siamo persi via e oggi non le abbiamo liberate. Toinou ne approfitta per chiudere la porta, gli faccio un velocissimo bye bye amico! ma lui non risponde.

Sul furgone, Fred appoggia la testa sul volante per pensare, dice: Cazzo, mi fotteranno alla grande. Io chiedo chi, chi, chi. Nessuno.

Dopo decidiamo di andare da Gaétan e Delphine, gli amici del liceo di Fred, è con Gaétan che lui è andato a fragole il giorno della maturità. Gaétan si incanta ammirato davanti a mio papà, lui dice sempre: Nooo!

Mi fai cascare la mascella... Certo che sei bestiale, tu! Ah, sssì... Yes!

Delphine è simpatica, fa le torte al cioccolato e le granatine.

A casa loro è tutto chiuso. Busso alla porta, chiamo. Nessuno. Eppure le luci sono accese. Fred mi dice che dobbiamo andarcene. Io voglio aspettare, gli faccio notare che c'è un profumo di torta, stanno per arrivare, garantito, saranno usciti giusto a prendere le sigarette. Fred sale sul furgone, dice: Adesso basta, torniamo a casa. E appoggia la testa sul volante mormorando: Cazzo, perché me la fanno pagare così cara?

Prima di partire faccio un ultimo giro sul retro. La luce è accesa, guardo attraverso una finestra, non vedo nessuno... Però sento due voci. Mi viene voglia di gridare, di dire: Ehi, oh! Sono qua!

Non so perché, ma non lo faccio, torno sul furgone e non dico niente a Fred.

È strano, ho la sensazione di essere cresciuta di botto. Crescere ti fa venire il mal di pancia, senti un nodo strettissimo proprio lì in mezzo, è colpa delle budella che crescono anche loro. È tristissimo crescere, ti viene voglia di piangere senza lacrime.

Propongo di andare a trovare altri amici ma Fred non vuole. Quando arriviamo a casa, facciamo scendere le capre, è quasi buio e una pioggerella fredda ci impedisce di rimanere fuori. Fred porta le coperte umide sul furgone, fa il letto e io mi ci infilo tutta vestita. Da quando ho sentito l'odorino di torta al cioccolato a casa di Delphine mi è venuta fame. Fred mi dà una formaggella di capra, chiede se mi basterà, dico di sì. La coperta fresca sa di sudore di capra misto a un odore di formaggio acido che mi piace tanto. Mi raggomitolo per farmi caldino alla pancia, Fred si allontana, vuole sistemare il telone, ma con questo vento c'hai voglia a riuscirci... L'antenna fischia con un suono acuto, la porta davanti, quella che non chiude bene, sbatte, Raymond dorme in fondo ai miei piedi. Sotto la testa è troppo duro, allora recupero un mucchietto di fieno per farmi un cuscino.

Quando mi sveglio sta appena facendo giorno. Il cielo del mattino è grigio, un uccello canta, è sicuramente un passero perché gli altri se ne sono andati al sole. Mi alzo pianissimo, guardo fuori attraverso il parabrezza.

La casa è tutta coperta, il telone è bello teso e Fred sta dormendo sul sedile davanti con la testa appoggiata sul volante.

Come al solito, sto facendo il bagno. Quando arrivo a casa di Zélie è sempre la prima cosa che faccio. Agathe piange perché per lei non c'è posto, allora porta lì il suo secchio di plastica, lo mettiamo dentro nel mio, lo riempiamo a metà, lei butta i vestiti qua e là e facciamo il bagno insieme, io nel grosso catino e lei nel secchio piccolo. Zélie quando torna strilla perché abbiamo sbattuto acqua dappertutto (Olive metterà il muso) e anche perché Agathe si lava nell'acqua sporca. Ce ne freghiamo, continuiamo a giocare ai pirati ciechi e ci lanciamo l'acqua addosso urlando. Agathe mi racconta tutta la settimana: «Innanzitutto abbiamo comperato un mucchio di cose, persino un letto vero per me, perché Olive ha detto che è importante per dormire bene. Zélie ha detto che lei aveva un po' di soldi grazie alla vendita e si è concessa qualcosa per la prima volta dopo otto anni. Siamo anche stati da Delphine e Gaétan per mangiare una torta, era megabuona, ma alla fine ho pianto perché volevo vedere te, allora Delphine mi ha fatto un'orzata. Tu sai cos'è l'orzata? No, non lo sai, è strabuona. Delphine mi ha consolato e mi ha detto che è ancora per poco, che tu tornerai presto, dopo il controllo dell'igiene. Senti, è vero che torni?»

Non dico niente. Che ne so. Io non voglio. Un po' però sì che lo voglio. Ma non se ne parla di vedere tutti i giorni Grancoglione, con i suoi sorrisi imbecilli e la spugnetta gialla sempre in mano. Agathe mi fa gli occhi umidi, ripete la domanda, vuole saperlo per fantasticare di sera su cosa faremo più avanti. Io e Agathe di sera fantastichiamo parecchio su cosa faremo più avanti, ci raccontiamo cose di futuro, ci immaginiamo quando saremo adulte, immaginiamo un mestiere, i nostri innamorati, quanti animali e quante bambine avremo. È una cosa che ci piace da matti. Agathe, lei, è più stile castello e fidanzato bellissimo come quello della pubblicità al cinema, quello che cammina su un ponte sopra il mare ed è tutto muscoloso. Io sono più stile capanna nella savana con un leone che si chiamerebbe Raymond, il mio fidanzato sarebbe un selvaggio, uno libero come il vento che conosce tutte le piante della natura. Ma non lo so, dico così tanto per dire, il giorno dopo le mie idee cambiano. Il giorno dopo immagino un acrobata del circo (come quelli che vedevamo alla domenica sera da nonnina, quando non eravamo ancora arrabbiati), e allora viviamo in una roulotte con il leone del circo che si chiama Clown.

Zélie entra nella stanza, si toglie le scarpe perché è una piscina e passa lo straccio così Olive non vede quella roba, e ci dice: Stasera si festeggia!

Ci alziamo, urliamo, saltiamo e Zélie è tutta bagnata.

Sono qui: Toinou e Gaëlle, Julien e Alice, Delphine e Gaétan, Élise, Steph, Nicotine e tutti gli altri. C'è una bella allegria. Alice ha messo la musica a palla, Delphine ha portato tre torte, Toinou non ha più l'espressione da disoccupato e Nicotine guarda Zélie. Lo chiamo Nicotine perché non mi piace, si ficca sempre dappertutto come il fumo delle sigarette e in effetti è sempre lì che fuma. Io e Agathe siamo gli unici bambini, i nostri compagni dicono che loro sono davvero troppo giovani per fare i genitori. Solo Fred e Zélie fanno robe del genere, perché sono molto avanti rispetto alla loro età e anche un po' matti. È stata Alice a spiegarmelo, mi ha detto: Zélie è molto matura per la sua età, e Fred... è un po' suonato...

Io mi sento a mio agio con i grandi, molto di più che con i bambini, perché sono carini con me, mi prendono sulle ginocchia, sperimentano la maternità, rispondono a quasi tutte le mie domande, tranne quando è troppo complicato da spiegare. In quei casi dicono: Ma come fai, tu, a sapere tutte queste cose? Non è roba per la tua età! E delle volte aggiungono sottovoce: Accidenti, io le ho sapute a vent'anni.

Tutte le mie compagne mi dicono che sono splendida senza i capelli, veramente, che sto a meraviglia, che non è affatto un problema (intanto che parlano si palpano i codini). I compagni mi danno dei colpetti sulla testa con aria triste e dicono: Non è niente, ricrescono, non preoccuparti.

«Perché non vieni a vedere la casa che faccio con Fred?»

«...»

«Devi venire a vedere, è supermegabella.»

«...»

«Oltretutto, abbiamo bisogno di una mano.»

«Ma non dirmelo! Immaginavo che dietro l'invito c'era un tranello.»

Steph se ne va, vuole assaggiare la torta.

«Ti andrebbe di passare a vedere casa mia?»

«Sono già stata a casa di Olive.»

«Ma no! Casa mia e di Fred, la nostra costruzione.»

«...»

«È supermegabella. Allora, ci vieni?»

Gaëlle si china e mi dice all'orecchio: «Dopo quello che è successo, preferisco di no».

È dispiaciuta, veramente, ma adesso è troppo difficile per lei (mi dà un bacino), devo cercare di capire. Dico: Sì, sì, certo, capisco.

«Tu verrai a visitare casa mia e di Fred?»

Gaétan non dice niente, mi accarezza distrattamente i capelli. Conosciamo Gaétan da prima ancora che nascessi io, è un intimo.

«Allora, passerai?»

È scocciato, non lo sa, ci saprà dire... Ma adesso non è il momento di parlare di quello, si sta festeggiando, preferisce evitare l'argomento. Mi propone una granatina, faccio: Okay, ma spero che tu venga. È triste, Gaétan, è molto deluso, non se lo sarebbe mai aspettato da lui.

La festa è favolosa, ci sono plum cake dappertutto e musica rap. L'Altro ha portato i suoi dischi di rap americano. Sono tutti simpatici con lui, Élise lo guarda di continuo, Gaétan gli passa la sua sigaretta, Zélie sta seduta sulle sue ginocchia, gli amici ridono. Più tardi Alice mi mette una musica dolce, Agathe si addormenta sul divano, Zélie e l'Altro ballano dondolandosi, lei gli appoggia la testa sulla spalla, lui le accarezza la schiena, lei muove un po' le chiappe. È come se facessero l'amore, ma senza le urla (no perché, l'Altro, la fa urlare fortissimo di notte, talmente tanto che io e Agathe ci nascondiamo sotto le coperte e ci raccontiamo delle storie buffe per non immaginarci che è una strega che fa dei rantoli da cannibale. E poi, la mattina dopo, Zélie è normale, ci fa le coccole e ci chiede se abbiamo dormito bene, se abbiamo fatto dei bei sogni nel nostro bel sonno profondo, noi diciamo di sì e la guardiamo con la coda dell'occhio, non è traumatizzata come uno penserebbe, anzi, sembra più il contrario, continua a sorridere intanto che guarda fuori dalla finestra).

Loro ballano e gli altri sono seduti un po' ovunque. Nicotine discute con Élise che guarda l'Altro. Delphine e Gaétan non sono più disoccupati, si palpeggiano. Alice mette via i dischi nelle custodie trasparenti. Io bevo i fondi dei bicchieri, roba fortissima. Amo tutti quanti, sono solo un po' triste perché non ci sono chitarre e non ci sono i ricciolini che dondolano quando canta lui e non ci sono le canzoni d'amore, appunto perché non c'è il mio papà. Mi metto a piangere, dico: Il mio papà, voglio il mio papà. Ma nessuno mi sente. Piango nel mio cuore invisibile.

Quando mi sveglio c'è ancora buio, qualche candelina fa dei cerchi di luce sulla moquette, gli amici dormono per terra o sul divano. Élise dorme con Agathe, l'Altro si rolla una sigaretta. Sento delle voci in cucina, ci vado per finire gli avanzi e mi fermo dietro la porta perché ho sentito qualcosa di interessante: è Zélie che parla, sembra che stia piangendo un pochino, come quando Agathe non è contenta, ma meno forte. Sento delle parole in «enza», c'è n'è una che torna di continuo, è «violenza». Sembra sul punto di dire «adolescenza», ma non lo dice, dice «Fred». Allora mi sembra sul punto di dire «non» prima della parola, perché Fred è un non violento, ma non dice il «non», piange e ripete la parola. Gaëlle le dice che drammi del genere sono molto frequenti e non sono mai quelli da cui te lo aspetti, che dovrebbe sporgere denuncia per proteggere le sue figlie. Torno a letto, mi appiccico ad Agathe, Élise si alza per andare dall'Altro che fuma sul pouf, e poi non sento più niente. Assolutamente più niente. Niente. Assolutamente.

Fred ha sistemato l'angolo cucina: una grossa bacinella per lavare i piatti, un fornello a gas in equilibrio su dei blocchi di calcestruzzo, due bidoni di acqua e la dispensa. Nel prolungamento abbiamo sistemato il caseificio, è lì che lo aiuto con i formaggi. Sono una bravissima formaggiaia, io, ho capito l'arte del ramaiolo meglio di Zélie o di tutti gli adulti che conosco. Le dosi del caglio per fare diventare il latte duro duro non le so, allora non preparo la cagliata. Io formo, mescolo, salo, faccio seccare, impacchetto, vendo, faccio un sacco di robe necessarie per cavarcela bene.

Mi piace tantissimo fare il formaggio. Affondo delicatamente il ramaiolo di metallo nella cagliata, comincio dai bordi della vaschetta e vado verso il centro così si evita di avere troppo spurgo di siero. Che se in una vaschetta ce n'è troppo si perdono almeno tre formaggi, perché la cagliata se la smamma dai buchini delle fuscelle. Io le riempio con il ramaiolo, le fuscelle, tutte una uguale all'altra e soprattutto con una cagliata sempre uguale. Per esempio, se per errore di scorrettezza in una ho fatto troppo spurgo, allora devo averne un pochino di più in tutte le fuscelle, perché se in una c'è una bella cagliata e in un'altra troppo spurgo viene fuori un formaggio striminzito che nessuno vuole comperare o uno troppo grosso che poi ci perdiamo i soldi.

È stato Fred a insegnarmi tutto però senza insegnarmelo, ho soltanto guardato. Quando ero piccola passavo già tutto il tempo nel caseificio per bere il siero che colava dal buco delle fuscelle. Noi siamo degli artisti della cagliata e facciamo formaggi proprio buoni. Nei mercati le vecchie signore ce ne comprano un fracco. In tutto, almeno una cassetta, non esagero. Il problema è l'estate, per la storia dei vermi, lì bisogna stare attenti e con il coltello toglierli tutti prima di andare a venderli.

Mi occupo io di voltare i formaggi freschi di ieri, è tutta un'arte. Li lascio cadere sul palmo della mano e sciaf! con un colpo solo li sbatto nella fuscella. Il trucco sta nel non affondarci dentro le dita e soprattutto nel non farli cadere storti, sennò viene un formaggio da dilettanti, che non è il nostro caso. Fred mette nelle cassette le formaggelle, prepariamo il mercato di domani. Raymond beve il siero e guaisce facendo delle giravolte su se stesso, ci segue ovunque per essere sicuro che non ce lo dimentichiamo.

Fred si tira indietro i capelli che gli impediscono di vedere e sulla fronte gli resta un segno bianco.

«Avrai un'altra donna un giorno?»

Una mano, con dentro la formaggella, gli rimane per aria. Dice: «Non so. Credo di essere ancora troppo ferito per pensarci».

«È per la storia della violenza che sei ferito?»

Ferma il movimento che sta facendo, si ingobbisce come un signore vecchio. Non respira più.

«Cosa dici?»

«Niente, dico... Dico... Alla festa, sabato...»

Appoggia la cassetta sul graticcio e si morde le dita, mormora solo per sé delle parole che non sento, ripete sempre le stesse. Io continuo a voltare le forme più grosse. Gli bisbiglio pianissimo: «Sai, anche se hai fatto delle cose, tu sei sempre il mio papà».

Appoggia la schiena contro il muro di mattoni e scivola giù fino a terra, resta accovacciato un bel po' e con una vocina da topo ripete: Cazzo... Cazzo...

Sulla macchinina Zélie canta. È un canto dell'Africa che ha imparato al corso di percussioni nere. Ci insegna la seconda voce. È forte cantare a più voci, rende felici e i paesaggi che scorrono sono ancora più belli. Come se ci fossero delle fate che ci sorridono ovunque, nascoste dietro gli alberi. Perfino le nuvole non sono più grigie, sono bianche e si spostano, ci seguono perché cantiamo la canzone di un popolo. Più avanti io farò la cantante, e inventerò canzoni d'amore come Fred, però la differenza tra Fred e me è che le canzoni d'amore mie non saranno tristi. Saranno degli amori che si amano ancora. Peccato che sono stonata. La cosa strana è che io non mi sento stonata, me lo dicono Zélie e Agathe perché loro hanno orecchio. Ci dispiace, davvero, ma se tu potessi cantare meno forte… Io non ho orecchio, ed è davvero triste per diventare cantante. Fred non me lo dice molto che sono stonata, mi dice di ascoltare l'interno del mio cuore e di fidarmi di me stessa. E quando uno ascolta il suo cuore, allora tutto è giusto e tutto è bello e uno se ne frega degli altri che ci feriscono.

Zélie ci porta da qualche parte, è una sorpresa bellissima che vuole farci vedere prima di tutto. Zélie va a scuola da un mese, però resta a casa sua (cioè, a casa dell'Altro). Le sue lezioni le arrivano nella cassetta della posta. Zélie farà la maturità e dopo andrà in una grande scuola per fare dei progetti e guadagnerà dei soldi e avremo vestiti con le ciliegie, e ne avremo un sacco e saremo belle. Agathe non ama i vestiti, ma è bella lo stesso perché è la sua natura.

Stiamo andando su una stradina piccola piccola, loro cantano. Dopo la strada ce n'è un'altra, minuscola, tutta sbilenca, con dei vecchi alberi, e dopo c'è un sentiero ancora più piccolo, passiamo davanti a una fattoria e parcheggiamo tra le sterpaglie. Zélie dice che lei questo posto lo conosce, ma dobbiamo passare dal dietro perché non ha le chiavi. Sorride alle piante, saltella e la gonna le vola, le nuvole ci hanno seguite fino a qui, fa freddo, tra poco è inverno. Agathe corre, dice: È bello, è casa di chi? Zélie ci chiede di stare zitte, io urlo che non ho detto niente, lei si innervosisce: Ssst, Ninon! Taci un po' o finisce che ci beccano! Entriamo nella casa che sa di muffa, Zélie apre una persiana, solo una per non farsi notare. C'è una stanza con le piastrelle color mattone (adesso li conosco bene i materiali da costruzione), un caminetto e un lucernario rotondo. Dietro la stanza c'è una specie di grotta con in mezzo un letto matrimoniale di legno, è tutto buio. Zélie ci racconta che una signora vecchissima è morta lì, nel letto. Indietreggio, dico che non voglio dormire con la signora morta. Zélie mi dice: Ma no, la signora è sepolta. E poi ci spiega che andremo ad abitare lì, e saremo felicissime noi tre. Olive non vivrà con noi, verrà ogni tanto. Agathe chiede se la stanza della signora sarà camera sua, Zélie dice sì, certo. Agathe vuole portarci la sua sacca subito adesso per viverci, Zélie mormora: Non subito, ma presto, presto.

Dopo visitiamo il giardino, Zélie si avvicina al grande ciliegio, lei va matta per le ciliegie, allora accarezza l'albero per fargli coraggio. Agathe corre intorno a un lillà che in primavera avrà un buon profumo. Zélie non dice più di stare zitte perché è sollevata che anche a noi piace da matti, visto che per lei è un grande innamoramento. In piedi davanti alla porta le guardo, però preferisco non andare nel giardino per la storia della donna sepolta. Agathe dice: Bellissima la mia camera, è camera mia per sempre! Zélie si avvicina a noi, bella come nelle mattine dopo l'amore, guarda l'orizzonte trasognata e mormora: Ninon, sarà anche camera tua.

Sulla strada di ritorno rallentiamo vicino al noce, io voglio scendere per raccogliere le noci, che poi vanno a farsi benedire se nessuno le raccoglie prima dell'inverno. Zélie ha paura che ci vedono, ma io ci vado lo stesso, faccio un marsupio con il mio golf e lo riempio di noci. Agathe mi aiuta, salta dall'altra parte del fosso, Zélie grida che stiamo esagerando, che non è ancora proprietaria e già rubiamo le noci dei vicini!

Torniamo e ci allontaniamo piano piano per ammirare la bellezza della campagna che qui è ancora più bella che da qualunque altra parte. È Zélie che lo dice. Io non rispondo niente. Controllo.

Il telone fa fatica a reggere le raffiche di vento, si strappa sui lati e l'acqua cola giù lungo i muri di mattoni, crea delle pozzanghere. Fred ha posato le piastrelle di terracotta, gli è venuto benissimo, ha anche costruito un caminetto con una trave antica che lo rende tipico. Per la travatura dovremo aspettare un po' perché viene giù troppa acqua e si scasserebbe tutto quanto. Dentro la stanza viviamo in collettività da freddolosi: io prima di tutti, perché spesso ho freddo, allora rimango nel caminetto ad abbrustolirmi delle fette di pane. Il problema è che anche nel camino sento freddo alla schiena, allora mi metto un impermeabile. Dietro lo scaffale di quercia abbiamo messo Pépite e Chocolat, che sono molto più fragili delle altre capre perché sono handicappate orfane. Con noi si sentono meglio. Io mi sono fatta un letto-sacco a pelo, cioè ho legato tutta la trapunta con lo spago per le balle di fieno. Sotto ci ho pigiato della paglia saltandoci sopra poi, sopra la paglia, ci ho steso del fieno, è più morbido. A Fred non l'ho detto del fieno, perché è troppo prezioso visto che la metà è marcita e non ce la faremo mai a reggere tutto l'inverno, è impossibile.

Fred dorme dove gli riesce con Raymond in fondo ai piedi. Raymond preferisce dormire con mio papà perché è lui che ha la patente, e Raymond vuole essere certo di essere avvertito se ce ne andiamo via in macchina. Cucù dorme nel mio sacco a pelo attaccato alla mia pancia, è morbidissimo. Cucù in questo periodo lo chiamo Lamiaboule.

Stanotte fa freddo per colpa della temperatura e delle gocce d'acqua che cadono ovunque. Abbiamo piazzato dei secchi sotto le grosse perdite dove l'acqua cola giù di brutto, e quelle piccole le lasciamo perdere. Fred ha messo nel fuoco un mattone, come faceva nonnina quando era ancora la sua mamma, mi prepara una boule con quel mattone. Lo avvolge con un grosso lenzuolo e dopo io ci metto sopra i piedi, è magico, è davvero magico, i piedi mi scottano da tanto hanno caldo e alla fine sono asciutti, allora per andare a scaldarmi le mani metto la testa dove avevo i piedi. Cucù fa delle fusa fortissime e Raymond per una volta sceglie il mio letto. Guardo le fiamme del fuoco piccole e azzurrognole perché c'è il legno umido, le guardo e dopo sogno nel sonno.

Mi sveglio, intorno a me si muove tutto, sotto la testa c'è bagnato e il mio sacco a pelo è pesantissimo. Raymond e Cucù mi hanno lasciata sola, mi guardo intorno ma non vedo niente (ieri abbiamo finito l'ultima candela), sento del rumore, è Fred che mi parla. Mi dice: Non preoccuparti, è che quella vacca di un bestione è andato, kaput. Faccio: Chouquette è morta? (Chouquette è la mia vacca, la mia mucca, è fantastica. Con gli occhi neri e le macchie che ha mi assomiglia.) Lui dice: Ma no, quella vacca di un telone! Mi immagino il telone seppellito sotto terra, strana come immagine, fa venire in mente le discariche dell'immondizia.

Fred mi prende in braccio, mi dice che ce ne andiamo via, che andiamo a dormire da un'altra parte. È molto scocciato per i formaggi, abbiamo sicuramente perso tutto, e non è proprio il momento. Con mio papà, non è mai il momento di perdere tutto. Una volta, non tanto tempo fa, ha perso contemporaneamente suo fratello e suo papà, e non era proprio il momento, e dopo Zélie è andata via anche lei. Prima di quello, mio papà non aveva mai pianto in vita mia.

Passiamo prima a casa degli amici, ma non c'è nessuno da nessuna parte. Sul furgone, Fred dà una botta alla ventola dell'aria che rimane bloccata. Fa un baccano enorme, come delle catene arrugginite che sfregano per terra, e non fa uscire neanche un po' di caldo, sto tremando dal freddo. Che strano, stanotte tutti gli amici dormono da un'altra parte, Fred dice: Merda, merda, merda... e continuiamo ad andare. Lui ancora picchia sopra la ventola. Raymond ha appoggiato il muso sulle mie ginocchia, infilo le mani sotto la sua pancia per scaldarle. Fred dice: Merda, le caprettine, spero che non si becchino tutta quell'acqua! Mi immagino Pépite e Chocolat sotto la pioggia, non riesco a fare a meno di ridere. Fred riflette: Beh, ce ne andiamo in un bar ad asciugarci. I bar però sono chiusi e noi siamo quasi senza benzina. Cola acqua dappertutto. Fred non sta tremando, lui è un uomo. Alla fine, dopo parecchio tempo, sistema il furgone su un marciapiedi che conosco bene. Siamo a casa di nonnina. Chiedo se non siamo più in rotta. Mi spiega che delle volte bisogna mettere via l'orgoglio e imparare a fare la pace. Questa cosa mi dà molta speranza... Un giorno i miei genitori metteranno in un cassetto il loro orgoglio (hanno degli orgogli che tendono a scappare, i miei genitori), butteranno via la chiave e tutto andrà bene. E non ci perderemo mai più.

Nonnina strizza gli occhi, cerca gli occhiali per capire chi siamo. Nonnina è molto brutta e molto grassa, e siamo in rotta dalla storia delle scarpe.

Un giorno lei ci ha portato un regalo (un regalo è qualcosa di raro che ti viene dato così senza ragione, perché te lo meriti senza saperlo). Con Agathe, non avevamo mai avuto regali perché non avevamo proprio i mezzi, e quando nonnina ha portato la scatola non sapevamo cosa pensare. Agathe se ne fregava abbastanza del regalo, guardava me che guardavo il regalo. A Zélie di solito non piace mia nonna, perché a mia nonna non piace Zélie. Zélie dice che sua suocera è una gran carogna. E nonnina, invece, dice che Zélie è una lurida zoccola. Io dico che non è affatto vero, che mia mamma non è lurida visto che si lava tutte le settimane, come minimo.

Quel giorno Zélie è rimasta nella stanza. Nonnina contemplava il regalo sorridendo con la sua dentiera. Fred ha chiesto che cos'era. La nonna ha detto: Un regalo per la piccina. La piccina chi? Lei ha alzato le spalle: Agathe, chi sennò? Fred non ha risposto niente, Zélie ha proposto ad Agathe di aprire il pacchetto. Io volevo vedere com'era un regalo e ho detto ad Agathe: Su, aprilo! Lei ha continuato a succhiarsi il pollice, ha farfugliato: Io voglio che è Ninon che vede il regalo per prima. Nonnina non era contenta, diceva: Ma tu guarda questa! Beh, poi che vuoi?

Io comunque il pacchetto l'ho aperto. È fantastico un regalo: prima c'hai la carta e poi della plastica che ti si attacca alle dita. La carta è bellissima, sono stata attenta a non strapparla, c'è voluto parecchio tempo. Agathe giocava ad altre cose. Sotto la carta ho scoperto una scatolina con dei disegni di animali, ho chiesto se potevo tenerla per metterci dentro i sassi. Fred mi ha aiutata ad aprirla, era contentissimo, credo che sapesse cos'era. Agathe giocava con un affare che strusciava per terra, ho aperto la scatola e ho gridato: Delle scarpe! Agathe, sono delle scarpe nuovissime per te! Zélie gliele ha provate subito ma Agathe non voleva muoversi, giocava e si succhiava il pollice. Zélie le ha detto di camminarci, Agathe si è alzata in piedi, avere un regalo la rendeva timida. Si è messa a camminare, ma le scarpe invece sono rimaste vicino al caminetto e lei ha continuato a camminare a piedi nudi. Zélie era dispiaciuta, ha sospirato: Che peccato, sono troppo grandi.

Io guardavo gli orsacchiotti disegnati sulla parte sopra delle scarpe, adoro gli orsacchiotti, assomigliano un po' a Raymond quando era cucciolo, con i rotolini di grasso. Fred mi ha detto di andare lì e mi ha messo le scarpe, mi faceva strano perché in genere, praticamente sempre, noi camminiamo a piedi nudi e per andare fuori ci mettiamo al limite gli stivali, perché sennò ci insozziamo. Io camminavo e le scarpe mi accompagnavano, era piacevole, avevano un buon profumo, un po' come la mia cartella di toro (che all'epoca non avevo ancora). Nonnina mi ha detto di toglierle subito, che non erano per me. Zélie ha voluto aggiungere qualcosa ma nonnina non la smetteva di dire: Toglile, ti ho detto! Io i regali li faccio alla famiglia, non ai bastardi!

Ho pensato a Raymond, anche lui non avrà mai dei regali. Fred ha detto: Ma le vanno perfette! Ninon non ha scarpe, lasciagliele! Nonnina ha reimpacchettato tutto e se ne è andata con il suo sacchetto di plastica e dentro la scatola di animali e dentro le scarpe orsacchiotte. Fred ha urlato che se le cose stavano così, lui non voleva più vederla e ha detto: Merda, merda, merda! e intanto con il piede pestava la ghiaia. Io sono andata subito in camera per nascondere il mio tesoro: la bella carta luccicante e i pezzettini appiccicosi.

Nonnina accende la luce, ci guarda, dice: Certo che è proprio l'ora giusta per passare a salutare la mamma... Mi indica con il mento: Chi è questo ragazzino? Fred spiega che sono io, Ninon, senza capelli, che non abbiamo più il tetto e che siamo fradici, aveva messo l'ombrellone del mercato sopra, ma non è bastato. Mugugna trascinando le ciabatte e noi entriamo. In casa sua fa caldissimo, come in piena estate in un campo di fieno. In più, c'è odore di minestra col brodo. Nonnina mi fa scaldare una cioccolata, Fred mi spoglia e mi asciuga, mi dà un golfone che punge (era suo quando andava al liceo, sa di armadio con l'antitarme). Bevo la cioccolata, lascio per un bel po' la faccia dentro il fumo che si alza dalla scodella. Fred si asciuga i capelli ricci. Rido, gli dico che così si è lavato tutto. Nonnina si innervosisce: Mangia dai o si raffredda! Bevo e ci inzuppo una fetta di pane bianco. Fuori è scuro e dentro così chiaro.

Sto bene.

La camionetta parcheggia in fondo al sentiero. Sono in due sotto i berretti e i completi rigidissimi con la piega in mezzo. Conoscono bene mio papà, perché quando era giovane combinava dei pasticci pazzeschi e molto spesso finiva la notte dormendo da loro. Gli agenti gli vogliono bene perché non è cattivo, dicono che è un buon diavolo, che ne hanno visti di peggio.

Questi due agenti non sono come tutti gli altri, non scrivono sui taccuini, non parlano al telefono, non controllano i pneumatici, non dicono: Ma questo documento ha come minimo tre anni! Non dicono: Signore, lei mi sta prendendo in giro! Non ci obbligano a lasciare il furgone sul ciglio della strada. Sono gentili, anche quando sono nascosta tra il sedile e il cruscotto, dicono appena: Dai, dai… Non abbiamo visto niente…

Fanno il giro della casa dicendo: Hum, hum… Oppure: Oh, però... Ah, sì... O anche: Certo, ragazzo, che qui ce n'è ancora di roba da fare!

Ispezionano proprio senza nessun pregiudizio, dicono: Bisognerà stare attenti a rispettare le scadenze dei lavori e le autorizzazioni. Fred dichiara che sta andando tutto benone, solo più lungo del previsto e mi presenta. Dice sorridendo: Ecco la mia apprendista! I due uomini prendono un formaggio per la moglie e alla fine ce n'è uno che dice, chiudendo a metà la bocca per non farsi sentire da me: Volevamo solo avvisarti, ragazzo...

Appoggia la mano sulla spalla di Fred: Abbiamo sentito parlare di un controllo di routine da queste parti. Volevamo solo avvisarti sottobanco.

Fred vuole saperne di più ma loro hanno la bocca cucita. Già hanno fatto più del loro dovere, e sono pure andati contro la legge venendo ad avvisarlo, gli dispiace ma non sono loro nella stanza dei bottoni, quella faccenda è roba di un'altra bottega (parlano come la merciaia del mercato).

Fred non si muove più, fa: Oh, cazzo, non è il momento...

Mi guarda, è tristissimo, così decidiamo di andare a mungere le capre.

È buffo, non sono più una bertuccia da dopo i capelli corti. A scuola va così così, come dice il maestro. Quando apro la porta della classe, lui smette un attimino di parlare e scuote la testa, che vuol dire: Non c'è problema per il ritardo, vai a sederti al tuo posto. E riprende la lezione come se non fosse successo niente. È diverso dagli altri maestri, questo. Lui non aggrotta la fronte dicendo: Ancora! non dice: Bisognerà che un giorno di questi qualcuno la ripari quella sveglia! non guarda fuori dalla finestra sospirando. Lui è buono perché suona la fisarmonica. Ho fatto caso che tutte le persone che suonano la musica sono un po' come me, è per questo che più avanti farò la cantante. Innanzitutto battono il piede a terra senza nessuna ragione, è perché hanno un motivetto nella testa, un motivo sconosciuto al mondo, una canzone d'amore. E poi, quando sono bloccati in un ingorgo non urlano, non suonano il clacson: cantano ad altissima voce muovendo la testa. I musicisti guardano la natura mentre si ispirano, scrivono poesie, sono innamorati di qualcuno che non lo sa e che si chiama Musa (è per questo che si dice «musica»). La differenza con me, è che loro comunque ce li hanno degli amici, certi ne hanno talmente tanti che sono obbligati a organizzare dei concerti quando vogliono trovarsi tutti insieme. Un giorno sarò una di quelli lì e avrò migliaia di amici che accenderanno gli accendini per le canzoni dolci, e intorno a me sarà tutto pieno di fiamme, migliaia di fiammelline, io penserò alla mia infanzia meravigliosa vicino al caminetto, avrò la malinconia (è la cosa più bella che c'è al mondo, la malinconia, vuol dire che hai avuto un'infanzia molto bella e che i tuoi genitori non sono affatto dei pervertiti).

Io al mio futuro ci penso molto, farlo mi piace tantissimo.

Adesso il maestro mi permette di restare in classe, se mi va, nella pausa di mezzogiorno, subito dopo il pranzo. In mensa va tutto bene da quando hanno detto che ero allergica mortale, Fred ha scritto un biglietto e da allora mi lasciano in pace, mangio soltanto la verdura. Gli altri dicono che sono allergici alla verdura e io recupero quello che avanza. A me fa piacere perché quelli che mi danno gli avanzi sono ultra carini con me, peccato che nel cortile poi non sono così. Me ne frego, perché io ascolto la fisarmonica e loro invece giocano a rialzo. Il maestro ha i baffi, si chiama Jacky e sembra un criceto. Anche quando non è contento, sorride senza farlo apposta con gli occhi e le guancione.

Intanto che lui fa delle note musicali mi lascia in un angolo e io canto nella testa, dico delle parole rare che ho sentito in certe discussioni, faccio delle rime, improvviso. È arte e dimentico tutto.

Il maestro non mi mette i voti perché sarebbe troppo demoralizzante, mi dice che per me faremo in un altro modo, ci adegueremo con le mie qualità e le mie lacune. Sono d'accordo. Gli piacerebbe tanto vedermi venire più spesso a scuola, per migliorarmi, ma io non voglio. Gli spiego che costruisco una casa e che non è il momento di mollare Fred.

Mi chiede se potrà passare presto, che cosa ne penso, sono d'accordo questa volta? Gli dico: Okay, fisarmonica che ride.

Facciamo il giro delle conoscenze. Le conoscenze sono persone di cui hai sentito parlare ma che non hai mai visto. Sono delle donne che dicono: Dio santo, ma quant'è carino lui! Io dico che sono una femmina ma loro continuano a dire «lui». Le conoscenze sono delle donne che Fred conosce da tanto tempo ma che ha perso di vista quando si è sposato. Gli chiedo perché, lui sorride.

In questo periodo vediamo un bel po' di conoscenze, sono simpatiche, mi danno dei biscotti, mi trovano bellissimo anche se non ho preso tanto da mio papà. Profumano di rosa e hanno dei braccialetti, ce n'è pure qualcuna che ha degli anelli sulla lingua o nel naso, come la mia mucca. Fred a loro spiega che è separato. Le conoscenze non sono stupite, ma gli dispiace sul serio, poverino. A casa loro è così bello, ci sono perfino le tende, dei disegni minuscoli sui muri e un frigo elettrico con dentro degli yogurt alla fragola. In genere non hanno bambini, delle volte hanno un compagno ma le cose vanno così così, non un granché. Sono strafelici di vederci, sembra che mi conoscono già. Oh, Dio santo, è passato così tanto tempo... Hanno il nero sugli occhi e si mordono le labbra tutte luccicanti quando Fred gli racconta la storia. A tutte, Fred dice la stessa cosa, dice: Sono nella merda, Zélie vuole togliermi Ninon, ci faranno una visita di controllo ed è un bel rischio, non è proprio il momento. Le conoscenze sono tristi, così tanto che faranno di tutto per aiutarci. Ce n'è una che dice: Cazzo, che lurida zoccola, non avrei mai dovuto lasciarti andare con quella, adesso hai delle belle gatte da pelare! Io penso a Cucù e mi immagino la sorpresa che avrà quando vedrà che il suo pelo è già mezzo partito e non c'è proprio niente da pelare! Lei si sente solidale, può contare sul suo aiuto, lui riuscirà a tenere la custodia di Simon. Io dico: Eh, sì... *Ni-non*! E lei: Né sì né no. Sei forte, sai? E mi ridà un biscotto delizioso che scrocchia sotto i denti, ne rifilo un pezzo a Raymond che sbava sul parquet di plastica.

Le conoscenze si conoscono tra di loro, erano al liceo insieme, sono contente di rivedersi, sarà un'occasione. A quei tempi non si piacevano perché amavano tutte quante lo stesso ragazzo e il ragazzo le amava tutte, lui non sapeva scegliere e quella è una cosa molto difficile da vivere, ma io non posso capire, sono una cocca tesoruccio da mangiare di coccole. Adesso sono maturate (sono delle fanatiche della verdura), è diverso, e mi salveranno.

L'ultima conoscenza ha i capelli rosa, ci invita a dormire nel suo appartamentino dove fa tanto caldo, lei nota che sono una femmina perché c'ho una bella lingua lunga, si capisce lontano un miglio. Le spiace, non ci sarà un granché da mangiare stasera, non aveva previsto una sorpresa simile, solo dei croque-monsieur, vanno bene? Dico: Sì, sì, vanno benissimo! (Oltretutto ha pure la tele!) Ma Fred è spiaciuto, non possiamo rimanere, ci aspetta la mungitura e non si devono lasciare soli gli animali. La ragazza con i capelli rosa dice: Pazienza, è un peccato, sei proprio sicuro? È una vita che...

Ho talmente voglia di restare su quel divano rosso con i cuscini morbidissimi che mi viene da piangere, in più il divano si apre e per me sarebbe perfetto, potrei guardare un cartone animato alla tele intanto che discutono tra di loro. Fred non può accettare, deve assumersi le responsabilità di contadino agricolo. Io piagnucolo come Agathe, così comincio a pensare a lei, e allora giù a piangere sul serio. Fred mi prende in braccio e ce ne andiamo.

Sul furgone, Fred sorride: si sente rassicurato, andrà tutto bene. Garantito.

Oggi so che giorno è. Di solito non lo so mai, ma oggi sì. Non ho voluto andare a scuola e Fred non è che poteva star lì tanto a insistere, voleva portarsi avanti con i lavori il più in fretta possibile. In un angolo del caseificio, vicino alla zangola, deposito gli attrezzi che si stanno arrugginendo sotto la pioggia, Fred inchioda del materiale di plastica per tappare le finestre, vuole sigillare tutto per benino.

Da quando abito qua non mi annoio mai, il tempo che ho non mi basta neanche. Vorrei lavare i sacchi a pelo perché Pépite e Chocolat ci camminano sopra quando noi non ci siamo, vorrei preparare il caramello (il maestro ci ha dato la ricetta), vorrei fare un angolo nanne, così Agathe accetterà finalmente di dormire da noi (l'ultima volta non ha voluto, ci siamo preparate una capanna nel furgone e non era il massimo), vorrei scrivere una canzone-poesia…

Fred ha trovato una soluzione per tappare le fessure nella parte alta dei muri, porta il furgone lì di fianco e ci va sopra in equilibrio per raggiungere l'altezza. Raymond è seduto sul sedile del passeggero, crede che stiamo per andar via.

Ho deciso di mungere tutte le capre, tutte, tutte, tutte. Certe cominciano a perdere il latte perché sono piene e allora spremo ben bene le mammelle per raccoglierne il più possibile. Di capre ne abbiamo almeno cinquanta, e ce n'è eccome da mungere. Più di venti io non ne ho mai fatte, e già quello è un lavoraccio. Preparo il bidone, il filtro del latte, butto nelle mangiatoie le granaglie e poi il fieno, le lego, urlo dietro a Cam e Embert che si stanno menando e prendo il mio secchio. Oggi le mungerò tutte, costi quel che costi.

All'inizio canto, ma le capre si innervosiscono. Accovacciata di fianco a loro, spremo velocemente, gli dico sottovoce delle poesie inventate intanto che mangiano il fieno. Comincio ad avere i crampi alle dita, il palmo umido mi fa un male boia, guardo la fine della fila, conto i culi delle capre. Continuo cantando una canzone di Jacques Brel (Fred, lui, va matto per Jacques Brel) che si svolge in un porto, è una canzone nebbiosa con un odore di mare, è bellissima e mi dà forza. Vedo il mare nel secchio. Scrollo le mani per rilassarle, urlo dietro a Mimi che vuole rovesciare tutto con la zampa posteriore, riempio un altro bidone e poi un altro ancora, e quando mi sento troppo triste perché non ce la farò mai, immagino il sorriso di Fred quando si accorgerà che ho fatto tutto, sarà molto orgoglioso della sua bambina. Adoro immaginarmi i sorrisi. Più avanti vorrei fare un mestiere che fa sorridere la gente, un mestiere che sorprende e fa contenti, ma che uno però non se lo aspetta, per quello fa contenti, sennò è qualcosa di dovuto (Zélie questo lo dice spesso), e le cose dovute sono una scemata, non valgono un fico secco.

Me ne restano da mungere tre, è fatta, è fatta. I bidoni sono pieni, è andata, è andata. Ce n'è almeno per cinque mercati, è una buona mungitura invernale senza sprechi. Guardo i bidoni e il latte che cola fuori.

Oggi sono grande.

Fred ha finito di tappare i buchi, si sta facendo un caffè. È stanco morto, sta con le spalle curve in avanti, lascia le mani sulla scodella per scaldarle, appoggia la tazza sul fornello e se ne va dalle capre. Non mi chiede neanche di aiutarlo. Lo seguo da lontano per vedere che faccia farà.

Mio papà si ferma davanti alle mangiatoie. Si accorge che le caprette hanno quasi finito il fieno. Apre il sacco delle granaglie e si precipita sulla balla di fieno già iniziata, corre dentro la stalla con dei passi lunghi e nervosi, prepara il suo secchio e il suo bidone (gli altri li ho nascosti, li ho appoggiati apposta in un angolo prima di riempirli) e si accovaccia. Palpa la mammella di Mayo, poi quella di Patata (sono io a dare i nomi alle capre!). Va fino in fondo alla fila, fa dei piccoli movimenti con la testa, come le galline, dei piccoli movimenti bruschi con il mento tutto in dentro, si volta e mi dice: «Sei stata tu?»

Annuisco. Lui si avvicina e appoggia il secchio vuoto.

«Hai munto tu da sola, Ninon?»

È molto stupito, non riesce a crederci, non si capacita, è pazzesco, perfino per lui è dura farsi la mungitura completa! Mi guardo i piedi, mi fa bene sentir dire che sono coraggiosa e forte, e che grazie a me potrà portarsi avanti con i lavori e fare una vera reggia senza bisogno dell'assistente né di altro. È come se all'improvviso io fossi un'adulta, in autonomia di ideali, una donna che cammina impettita verso le nuvole con la gonnellona che le vola, una donna con i capelli lunghi e tanto coraggio folle, non una ragazzotta qualunque o una puttanella di una notte, no, una vera donna con seni piccoli e voglie naturali.

Lui si incammina verso il trattore e io, attorcigliando un pezzetto di paglia, gli dico: «Sai, oggi sono cresciuta».

Si gratta il mento rasato male, abbassa la voce come se fosse un segreto: «È proprio vero... Delle volte non vedo che il tempo passa, guardo solo i problemi che si accumulano e non mi accorgo nemmeno che stai crescendo... È proprio vero...»

Se ne va verso il trattore, io aspetto e penso: Bisogna lasciargli il tempo di farsi tornare in mente le cose, è un po' sfasato per colpa della stanchezza, è normale. Urlo: «Oggi è il dodici!»

La voce mi si è spezzata, lui non l'ha sentita. Sale sul sedile, dà un colpetto sul cofano, e via che parte. Mi fa il segno di vittoria con il pollice e un sorrisone felice. Indietreggia lentamente intanto che alza il forcone.

Mi viene voglia di correre dietro al trattore, ma in gola mi si è reinfilato il gatto. E sta inarcando la schiena per tappare le parole.

Oggi è il dodici dicembre, papà.

Ci ripenso spesso. Lo guardo e mi dico: Sono solo stronzate.

Quando munge accovacciato coi piedi nudi, quando scopa la mangiatoia, quando accarezza Chouquette, quando mi scalda il mattone-boule, quando apre la bocca di Pépite per darle la medicina, quando canta con la chitarra, quando spinge il furgone, quando scava un canale per far defluire l'acqua della casa, quando si mette a cercare ovunque il suo pacchetto di tabacco e crede che gliel'ho nascosto io quando invece non è vero, lo guardo e mi dico: Sono solo stronzate le cose che racconta Zélie.

D'accordo, un briciolo di vero c'è: per esempio, Fred non ha mai voluto un bagno, né una lavatrice, e Zélie ha strillato un sacco per quelle cose, e lui un giorno ha buttato il burro dentro il fuoco e Olive (era un nostro caro amico, Olive, prima) ha raccolto il burro tutto sciolto. Di sicuro loro due non sono mai stati d'accordo sul futuro, Zélie era stufa marcia dei progetti talmente impossibili che è evidente che è tutta fatica sprecata, c'è poco da tergiversare. Dopo gli urli Zélie piangeva e Fred andava a mungere le capre.

Però non è violento, il mio papà, no che non lo è, io lo so!

Quando Zélie parla con le amiche dice delle cose che fanno abbassare gli occhi e impediscono di respirare, si chiamano cattiverie piene di rancore. Lei dice che lui le ha rubato la vita per anni, le amiche la rassicurano e la consolano come delle vere amiche di tutta la faccia della Terra.

Io non lo so che cosa ha fatto mio papà, ma lui di rancori non ne dice, preferisce tenerseli per sé, e delle volte vengono fuori da soli, soprattutto quando il trattore non parte o le capre si menano tra loro o sono nei campi dei vicini, oppure quando Chouquette sbatte via il secchio, allora gli esce di colpo ed è sempre uguale, grida: Ma porca di una troia! E si siede per terra, con la schiena che gli trema, e mormora: Cazzo, non ce la farò mai...

In quei momenti cerco di indovinare la verità, ma non indovino un bel niente, l'unica cosa che so è che sono tutte stronzate, quelle, bugie del tubo che vogliono fare le interessantone.

Guardo mio papà e comincio a odiare Zélie. Non riesco a farne a meno, la odio perché non è giusto tutto questo. No che non è giusto.

Sono arrivate tutte le conoscenze. Tranne la ragazza coi capelli rosa. Hanno portato un sacco di cose: dei bei teli, dei mobiletti, dei piatti, un frigorifero, un letto, strofinacci per i pavimenti, pentole, addobbi inutili, una poltrona, un telefono. Fanno il giro della baracca, sono stupitissime, dicono che è una signora casetta, accarezzano la spalla di Fred e intanto gli sussurrano: Tu sei un pazzo. Sorridono, amano l'originalità e le sfide. Alla tele hanno visto una trasmissione dove delle persone trasformavano una casa, vanno avanti a parlarne, bisbigliano che qui, però, è una bella impresa, e che bisogna darci proprio dentro per farla diventare qualcosa di decente. Per fortuna loro sono molto coraggiose. Fred chiede da cosa partiamo e via, si comincia. Io preparo la pappa: pastasciutta con salsa di soia e un po' di zucchero, per fare dolce-salato come nelle isole deserte.

Prima di tutto loro vogliono nascondere il telone di plastica. Sotto ci tendono dei grossi teli coloratissimi che pinzano tutti insieme e urlano: Attenti! perché delle volte crolla giù tutto. Nel frattempo un'altra pulisce dappertutto con un prodotto che pizzica il naso, mi chiede di spostarmi e dopo ci mette il muso perché io e Fred ripassiamo sopra la parte pulita con i piedi pieni di fango. Quella che chiamo Chouquette (perché ha un anello come la mia mucca) appende le tende alle finestre perché così fa ambiente soffuso e si vede meno la povertà.

Adesso Spichespan (Fred ha dato questo soprannome a quella che ci ha sgridato perché avevamo i piedi sporchi, che ghignare!) appoggia ovunque robe inutili del tipo un telefono, una macchinetta per il caffè e dei vasi. Mi chiede di andare a cogliere dei fiori, le rispondo che siamo in dicembre. Alza le spalle, trova che io non mi sforzo molto, le rispondo che non è colpa mia se è inverno e i fiori sono tutti morti. Si innervosisce perché sono un'ingrata, non mi rendo minimamente conto di tutto quello che sta facendo per me, e ricomincia a passare lo spazzolone per disinfettare tutto. Fred il frigorifero non lo vuole, visto che non abbiamo l'elettricità, ma le conoscenze vogliono assolutamente metterne uno, è in-dis-pen-sa-bi-le per l'igiene, non c'è da scherzare con questo, è la prima cosa che guardano, gli ispettori. Chouquette appende un telo per separare la cucina dal caseificio, perché ci sono davvero problemi di odore, poi indica Pépite e Chocolat, dice: E queste? Fred fa: Non stanno bene in questo momento, non posso lasciarle nel gregge, non si sono adattate.

Spichespan, con il mento appoggiato sul manico della scopa, dice: Susssusssù, bisogna toglierle, manco a pensarci di lasciare qui dentro le capre.

Allora prepariamo un angolo tra le due tende appese vicino al caseificio, ci porto il fieno e resto con le mie caprettine. Loro belano e si stendono per terra, un pezzo di telo si strappa e io lo faccio sparire. Fred è un po' preoccupato, dice: Ma si vede che è tutta roba provvisoria! Guarda, il telefono, per esempio, è una scemata, l'assistente noterà che non ci sono i pali della linea telefonica! Le conoscenze fanno una smorfia e si guardano tra di loro: Susssusssù, fidati di noi, Fred.

La casa diventa talmente carina che non la riconosco. È bella, le tende soprattutto fanno effetto, le piastrelle del pavimento profumano di abete bagnato, il caminetto è pulito, non oseremo più farci il fuoco. Le conoscenze appendono anche dei quadri e dei teli sui muri per nascondere un po' i mattoni, dicono che bisogna attirare l'occhio sui dettagli per far dimenticare tutto il resto. Alla fine Fred le aiuta a portare un letto per me, un letto vero, con un materasso, che mettiamo dietro lo scaffale.

In cucina una ragazza sistema dei cartoni pieni di cibo, conserve, cioccolato in polvere, una marea di cose strane, persino del latte finto! (Il latte finto è un liquido bianco chiuso in un cartoncino difficile da aprire e con un sapore speciale, ma che non c'entra un bel niente con il sapore del latte, a dire il vero di sapore non ne ha proprio.) Lei mi spiega che non sono da mangiare per davvero. Sono cose, sì, da mangiare, ma io non le mangerò, è per finta, come quando si gioca a dare da mangiare alle bambole, «ma sì, quei pranzi finti che preparano le bambine, ah ah!» Mai sentito parlare di una cosa del genere, ma non dico niente, sennò comincia a guardarmi storta.

Una conoscenza urla: Ho visto un topo, ho visto un topo! Gatto Cucù corre verso di me e si struscia tra le gambe, dico: Non ci sono mica i topi qui. Lei mi indica con il dito urlando: Lì, lììì! Indietreggia verso il muro, io guardo dappertutto lì intorno. La ragazza che chiamo Chouquette scoppia a ridere: Non è un topo, è un gatto sfigatello senza peli!

Allora spiego alle conoscenze che Cucù ha avuto una malattia del Medioevo molto contagiosa, è per quello che non ho più capelli, fa cadere i peli. Diventano smortissime, corrono al pozzo a lavarsi le mani saltellando per essere sicure che il gatto non le tocchi, urlano, è buffissimo.

È strana una conoscenza, all'inizio sembra simpatica, dopo però non si è più tanto sicuri.

È venerdì, Fred mi porta da Zélie. Non ha voluto farmi venire a prendere, preferisce accompagnarmi lui, è meglio così. Le cinque, l'ora perfetta per farle credere che ero a scuola, proprio spaccata.

Agathe saltella da tutte le parti, mi racconta a bassa voce che è venuta all'uscita della mia scuola l'altro giorno con Zélie, avevano fatto una torta al cioccolato squisita, un po' bruciacchiata. Mi spiega che Zélie ha parlato con il mio maestro e dopo aveva proprio il muso lungo, così non è voluta andare da Fred a mangiare la torta. Agathe ha strillato un sacco e Zélie ha detto che tanto così non poteva più durare, proprio no, non era possibile. Agathe non ha più voluto mangiare la torta, voleva lì me a soffiare le candeline, sennò niente. L'hanno mangiata Zélie e l'Altro, pare che fosse squisita.

Dico ad Agathe che me ne frego. Certo però che alla

torta un pochino ci penso, vado matta per le torte al cioccolato, mi viene fame anche solo a pensarci.

Agathe mi spiega che Grancoglione c'ha proprio il nome giusto, adesso mi racconterà tutto. Zélie mi dà un bacino, l'Altro resta in disparte e mi fa ciao con la mano. Porto il mio sacchetto di plastica nella camera di Agathe. Si sta strabene dentro casa, c'è odore di albero. Agathe mi prende per mano, ci piazziamo sul materasso e mi racconta tutto.

«Olive sta chiuso tutto il giorno nel suo laboratorio e io mi sono presa una sgridata quando ho voluto andarci. Zélie fa i compiti di scuola sul tavolo tutta la giornata, mi mandano continuamente a cagare e quando mi dimentico di chiudere il cancelletto mi urlano dietro, non è divertente quando non ci sei tu e in più, guarda, hanno messo le persiane. Per le stelle, hanno detto che loro di notte vogliono dormire tranquilli.»

«Perché hanno piantato un albero in camera?»

«Non lo so, è per la sorpresa. A Olive le sorprese piacciono tanto.»

Agathe alza il cuscino, sotto c'è nascosta una moneta da due euro, apre la bocca: «Qui ci sono dei topolini ricchi che danno soldi in cambio di denti».

Due euro sono due formaggelle al mercato. In quel momento ho una strana sensazione, un'immagine violenta mi attraversa la testa: intuisco che Agathe sarà ricca un giorno, quando sarà un'adulta, la guardo e la vedo da grande, senza quel pollice in bocca. So che sarà ricca e bella e tutta a postino, e pronuncerà bene tutto quello che dice. E allo stesso tempo vedo anche me, ma è un'immagine mossa e che fa rumore, ballo con un gran vestito rosso, roteo e dietro a me c'è un carrozzone e i miei capelli lunghissimi spengono le candele.

L'albero piantato in camera ha l'odore delle radure di pini, io raccolgo gli aghetti. È buffo un albero dentro una casa. Zélie passa a trovarci, si è messa un foulard tra i capelli e il nero sugli occhi. Mi fa delle domande. Non ho voglia di mentire, così mi limito a scuotere la testa, lei mi dice che presto avremo le chiavi di casa sua, ha chiesto un prestito ma andrà tutto bene, l'aiuterà l'assistenza sociale. Sobbalzo dentro di me: perché la Signora Assistenza ficca il naso dappertutto e si occupa di noi? Perché siamo degli assistiti? Non sappiamo cavarcela da soli? Perché ci compera dei vestiti con le ciliegie la Signora Assistenza?

Lo vedo eccome che mi nascondono qualcosa di grave, un segreto. Forse quella signora è una della famiglia da parte dei cuori di Cina, qualcuno di ricchissimo che ci controlla dandoci i soldi, oppure invece viviamo dentro una specie di prigione speciale e lei si occupa di tutti quanti, e noi, siccome siamo bambini, non le sappiamo queste cose. Vai a sapere se la Signora Assistenza non è una direttrice di prigione, come una direttrice di scuola ma in peggio, o invece tutto questo non c'entra niente e lei è solo una signora buona che ci ha preso sotto la sua ala, una specie di chioccia.

Mangiamo il risotto coi porri, è squisito. L'Altro trova che mangio come un maiale, dice che diventerò gobba a furia di stare sempre così svaccata. Zélie mi chiede di fare degli sforzi e di mangiare più piano, dice: Ma sei affamata! Non mangi niente da Fred? Rispondo che... ehm... sì, sì mangio benissimo ma non il risotto coi porri, è per quello. Lei vuole saperne di più, mi chiede i menu dei miei pasti a casa di Fred ma io ho la memoria corta, man mano mi dimentico quello che ho mangiato la settimana prima. L'Altro vuole che mi lavi le mani perché gli faccio passare l'appetito. Vado a lavarmi le mani con il detersivo per i piatti. Zélie dice che mio padre mi influenza, lascio le mani sotto l'acqua un bel po', intanto riempio il lavello per non sprecarla. È calda, l'acqua, esce dal rubinetto già bollita.

Dopo il bagno andiamo a letto. Zélie ci legge una storia tutta solo per noi, una fiaba bellissima, una storia di Cina dove il ricco cattivo diventa povero e il povero buono diventa ricco ma divide i suoi soldi con tutti i poveri tra cui l'ex ricco, visto che è diventato povero. Le chiedo se aiuterà Fred quando sarà ricca, lei trova che dico proprio delle scemenze, che ha già dato abbastanza, ci mancherebbe solo quello. E spegne la luce.

Agathe mi si è addormentata addosso, i suoi ricciolini mi fanno solletico al naso e, non so perché, piango.

Quando rientro non riconosco più la casa, avevo dimenticato quant'era bella. Dall'esterno può sembrare un ammasso di mattoni, ma dentro è ben curata e colorata. Fred riappende i teli che cadono oppure nasconde dietro la tenda le cose non proprio bellissime o un po' lerce. Davanti al caminetto, Fred passa il tempo a pulire il tavolino del salotto, non si sa mai che quella arrivi. Appena sentiamo una macchina ci precipitiamo fuori, poi torniamo dentro. Non è ancora lei. Mi sono infilata il vestito con le ciliegie sopra la felpa e ho tenuto i jeans scoloriti a mo' di collant. Sui capelli corti ho messo un cappello e dopo mi sono data una lavata.

Lo sappiamo che presto arriverà, la stiamo aspettando già da parecchi giorni, Fred dice che è essenzialmente tra pochissimo.

Si sente un motore, Fred esce di nuovo e poi torna

verso di noi, schiaccia il mozzicone, infila la camicia dentro i pantaloni e mi dice: Eccola qua!

Tocco la trave del camino, incrocio le dita mi piazzo sulla poltrona con un libro.

Quando entrano le persone mi sto istruendo davanti al caminetto. Sono in due, hanno una valigetta e dei documenti in mano, con una stilografica d'oro luccicante. Fred fa: Dopo di voi. Immobile, io rileggo le stesse righe senza capire di che parlano, alzo gli occhi e faccio: Ciao! (Mi hanno detto di salutare.) La donna impettita (la Signora Assistenza) e l'uomo che porta un vestito nero fanno una faccia strana. Fisso la signora e sorrido con tutti quanti i denti perché veda che sono assolutamente felice e che non c'è bisogno di lei nella nostra vita. Raymond le annusa il didietro, lei fa: Sciiit! Sciiit! con i documenti. Chiamo Raymond e propongo un caffè. Schiarendosi la voce, Fred dice: «Magari... magari desiderate visitare la casa?»

La signora fa la bocca a culo di gallina e sembra tapparsi il naso, ma senza le dita. Stringe i tacchi come i militari alla tele a luglio a casa di nonnina, tiene la cartelletta dietro la schiena e intanto tira in dentro le chiappette (come quando ti scappa la cacca ma non puoi farla).

«Se gentilmente ci indica il suo caseificio.»

«...»

L'uomo tira fuori dalla tasca un cartoncino.

«Controllo veterinario.»

La signora scuote i documenti, è irritata. Dico che noi non abbiamo bisogno di veterinari, le nostre bestie stanno bene. Fred mi fa segno di tacere, ha esattamente la stessa espressione che ho io quando arrivo in ritardo a scuola. Pépite bela e tira fuori la testa da dietro la tenda. L'uomo ripete: Il caseificio, gentilmente. Fred fa: Uhm... Ehm... Sssì. L'uomo si arrabbia: Lei è o non è un artigiano caseario? Fred abbassa lo sguardo: Sì... Certo... Ma diciamo... Prego, seguitemi.

Oltrepassano la tenda, Chocolat, distesa, lancia uno sguardo impaurito ai visitatori. Il giacca e cravatta e la Signora Assistenza rimangono impietriti davanti al telo che crolla, Fred gli fa strada tra il mucchio di attrezzi, la cassetta con dentro i pacchetti di pasta tutti squarciati, il fieno e la bacinella d'acqua, la pila di coperte e il mio scaldapiedi, la scorta di granaglie, i sacchi di cemento, la pala e il piccone. Dice: Ora vi spiego tutto. Loro non lo ascoltano, rimangono a lungo davanti al tavolo dei formaggi che in questi giorni abbiamo un po' trascurato, scuotono i bidoni del latte, si annusano le dita con delle smorfie e chiedono: «Le dispiacerebbe accendere la luce e permetterci così di procedere con il rilevamento dei campioni?»

La Signora Assistenza apre la dispensa, volta le formaggelle, ne fa cadere per terra una e scrolla immediatamente la mano. Chiede dove sono le zone filtro e gli spogliatoi. Fred vuole spiegargli, ma loro continuano a non ascoltarlo. Con una voce acutissima lei urla, trattenendo il respiro, che vuole solo lavarsi le mani, non chiede altro, vuole assolutamente quello e continua a scrollare la mano. Fred va verso il pozzo con un bidone. Li vedo di schiena, la signora dice: Non è vero... Ditemi che non è vero...

Mi tolgo il cappello e il vestito con le ciliegie. Quando torna Fred loro sono andati via.

Guardo la macchina che se ne va senza neanche cercare di evitare le buche da tanto corre veloce. Due minuti dopo si avvicina una camionetta blu, credo proprio che siano quelli della polizia. Bussano alla porta, li faccio entrare, sono molto educati e gentili, vengono a prendere notizie, passavano da quelle parti per caso.

«Avete avuto visite?»

Spalmo del cioccolato in polvere su un po' di burro sciolto, fa come la Nutella sulla fetta di pane abbrustolita. Loro guardano dappertutto alzando le tende, dicono: Uauuu, però... Mica avete fatto le cose a metà, accidenti...

Il mingherlone indica il telefono al compagno che aprendo il frigo ride senza fare rumore.

Fred è nel caseificio, butta i formaggi vecchi dentro un grosso bidone della spazzatura, Raymond li prende al volo. I due agenti infilano la testa attraverso il pezzo di tenda che è rimasto appeso, Fred non si volta. Si tappano il naso e ridono guardandosi come si fa tra compagni di giochi, poi se ne vanno.

Durante la serata sistemiamo la casa, ho la sensazione che la stiamo smontando, facciamo una marea di robe, riempiamo il furgone. Pépite e Chocolat si sono già riprese il loro posto, la gallina anche e becchetta la pasta cruda, Raymond dorme sulle tende strappate e gatto Cucù lecca la formaggella che era caduta per terra.

Fred non è uno strafigo come quelli delle riviste o della pubblicità del cinema. Delle volte Zélie pensa che io sono innamorata d'amore, mi dice che è normale per via di una tragedia greca, ma si sbaglia di brutto. Fred io non lo trovo strafigo, non sono in estasi accecata come lo era lei da giovane.

Innanzitutto Fred ha un naso. Non grosso come i vecchi nasi rossicci degli ometti che comperano i formaggi, ma un naso con delle ali che sembrano i parafanghi della 2 cavalli (a un certo punto abbiamo avuto una vecchia 2 cavalli, ma non è mai voluta partire, Fred l'aveva tenuta in ricordo della sua infanzia).

Fred ha un naso, e un naso non è per niente strafigo, sta in mezzo alla faccia e delle volte si vede solo quello. E poi Fred ha sempre, ma proprio sempre sempre, la barba che punge e il caffè che gli cola sopra a colazione. Anche la bocca non è un granché. In realtà, quello che c'è di bello in lui sono il sorriso e gli occhi che fanno le pieghette, e anche il colore che hanno, quello di uno stagno in piena estate con un po' di melma dentro.

Fred comunque piace alle ragazze e alle conoscenze perché ha fascino nelle parole. E quando non dice niente sembra un primitivo uomo dei boschi. Alle ragazze questo piace, ognuna se lo vuole addomesticare per sé. Quando suona la chitarra e canta è meglio ancora, negli occhi gli si accendono delle candele, e loro sognano.

La cosa buffa è che da quando gli è permesso avere delle amiche Fred non le vuole. In realtà, credo che prima, quando Zélie piangeva, le amiche le aveva solo per rompere le palle a lei. Oppure era per provare la sua virilità maschile, e adesso che le prove le ha, non ci pensa più. O invece perché a furia di fare i lavori è sporco lercio e non se la sente di farsi una doccia.

A me piacerebbe abbastanza che lui avesse un'amica. Sarebbe più equo con Zélie. L'amica profumerebbe di fiore, potremmo preparare insieme la pappa, le insegnerei a mettere in forma il formaggio e guarderemmo il trattore allontanarsi nei campi mangiando fette di pane abbrustolite.

L'Altro non vuole più che io pronunci il nome di mio papà. Dice che sono a casa sua e che merita il rispetto delle parole tra le sue mura, non vuole punto e basta, non c'è da discutere. Non vuole neanche più vederlo, mai più. Per nominarlo, dice delle parolacce, molto peggio di «coglione» o «zozzo demente» o «testa di minchia». Zélie mi spiega che non dobbiamo volergliene, mio padre (Zélie adesso dice «tuo padre») risveglia i ricordi di Olive che è stato un ragazzino maltrattato. Io non vedo cosa c'entra, glielo dico, lei guarda altrove e sospira: Un giorno capirai, Ninon. Quando si è bambini, il male che ci viene fatto non lo vediamo, è più avanti, molto più avanti che si valutano i disastri.

Stasera sono tutti simpatici. È vero, non devo parlare di papà, però è tutto qua, la mia bocca piena e i miei masticamenti vengono tollerati. A un certo punto Olive si innervosisce, non ne può più che io mi dondoli sulla sedia, mica siamo su un canotto. Mangiamo delle robe buone che non ho mai assaggiato, Agathe strilla che mangio tutto io e che lei ne ha di meno, contiamo i gamberetti che abbiamo, cerco di dimenticare che sono esseri viventi. Prima di ogni boccone li ringrazio di offrirmi la loro vita, e dopo li ringrazio di essere così deliziosi, gli prometto di non svuotare il mare, incrocio le dita sulla bocca perché mi credano e dico: Giurin giurello! Zélie trova che mangio come un maiale. Olive dice che se vado avanti ancora un po' lui sviene. Preferisce andare nel suo laboratorio. Saluti e baci! Agathe fa il rumore del maiale che mangia le patate crude e toglie piano piano il guscio dei gamberetti, fa un mucchietto di carne rosa che vuole tener per dopo, da tanto è buonino. Zélie sorride, è bella.

Stasera indossa uno scamiciato turchese e si è fatta uno chignon alto con un mucchio di bacchette che sporgono, sono matite di mille colori. Con Zélie si vincono tutte le scommesse del mondo. Una volta abbiamo vinto una serata (ma io non ci sono andata, ero da Fred) perché uno non riusciva a credere che lei aveva già dei figli, diceva: Ma sei una ragazzina, no che non è possibile. La scambiano sempre per mia sorella, Zélie, e tutti i ragazzi la guardano. Lei non è più così giovane (ha venticinque anni), ma dà l'impressione di essere una ragazza.

Deve essere strano avere una mamma vecchia e brutta. Sono sempre stata abituata agli uomini che sono gentili con me per fare bella figura e piacere a lei. Quando i miei genitori si amavano, la cosa non impediva agli uomini di sognare un po', anche a quelli di famiglia e agli amici su cui puoi contare, come Olive all'epoca. Io credo che nessuno si è mai occupato di me per amicizia personale, tranne Fred chiaramente. Agathe, lei, la lasciano tutti in pace, non parla, si succhia il pollice e intanto si spalma la cenere sull'avambraccio, e se qualcuno vuole darle un bacio lei gli strappa i capelli. Agathe ha capito tutto.

Adesso c'è il dessert (un dessert è una roba da mangiare cattivissima per la salute ma buonissima di sapore che mangi nelle sere di festa). Mi chiedo perché stasera mangiamo un dessert, ma non dico niente prima che me lo sfilino da sotto il naso. L'Altro torna dal laboratorio, palpeggia mia mamma dal dietro, le tocca il seno, lei fa: Hi, hi! Smettila... sto versando la macedonia... smeeettilaaa... smack. Lui dice: Huuum... Che buone arance fresche... E le tocca di nuovo il seno.

I miei genitori non si toccavano mai così in pubblico, lo facevano di nascosto, non davanti a noi, mai.

Finiamo la cena, io dico tre volte: Fred, Fred, Fred, tre volte apposta per rompergli le palle. L'Altro cerca ugualmente di essere simpatico, Zélie lo supplica con lo sguardo, Agathe lo ripete apposta e corriamo intorno al tavolo. Grido: Papà, ti aaamooo! È divertentissimo vedere la faccia dell'Altro, è tutto smorto e non respira più, sta per esplodere. Alla fine dice: Vado a farmi uno spino (uno spino è un coso che ti scoppia dentro la testa, si chiama anche più comunemente cannone). Zélie gli dà un grosso bacio d'amore, come ne dava a noi quando eravamo piccole e ci amava ancora. Agathe non vuole smettere di giocare a dire: Papà, ti aaamooo! Così decidiamo di farlo a letto, costruiremo una capanna di lenzuola e assomiglierà a casa nostra (in meglio). E morte ai pulotti! Agathe piange, lei adora i polli, non vuole che muoiano. Le spiego che i pulotti sono gli innamorati che si baciano schifosi davanti a tutti, è un'espressione immaginaria.

Mentre mi addormento sento sopra la mano il respiro della mia sorellina, è caldo, è ancora meglio della testa di Raymond sulle gambe, non è la stessa cosa, è come se io non sarò mai sola nella vita. Una sorellina è lì per tutto il tempo, non è come gli innamorati o le robette così, una sorellina, anche se sei a quindici chilometri o fai delle cose, ma anche se non fai niente, è sempre nella tua tasca di amore eterno. Sempre.

Attraverso le persiane chiuse la luna illumina la stanza. Mi guardo intorno, mi struscio contro le lenzuola per sentire il morbido sotto la pancia. Agathe occupa tutto il posto, tira le coperte, sto attenta a piegare in dentro i ditoni dei piedi per non graffiarla con le unghie. Guardo la stanza, i muri di legno, l'intonaco liscio, le piastrelle antiche (adesso di edilizia me ne intendo), guardo anche l'albero. È proprio da idioti piantare un albero dentro una casa, morirà, e del resto ha già cominciato, il pavimento è ricoperto di aghi di pino. C'è un profumo meravigliosamente buono, un miscuglio di polvere e di bosco. Sotto l'albero, una carta marrone che copre il tronco e della polvere di neve che luccica nella notte. È da idioti ma è bello quest'albero in camera, fa pensare a Hansel e Gretel (una fiaba spaventosa che finisce bene). Agathe, di botto, si mette seduta, dice: «Che fai?»

«Guarda! Lì, sotto l'albero...»

«Sono le radici naturali.»

«No! C'è un sacco!»

Agathe si alza strascinandosi dietro la camicia-coperdina di Linus, si avvicina all'albero, si punge i piedi con gli aghi. Tocca il sacco. «Ieri non c'era.»

«Sicuramente è un topolino che ti ha portato qualcosa, come l'altra volta.»

Con il dito fa il gesto del matuseimatta.

«Che scemenza, un topolino è troppo piccolo per portare un sacco così!»

Decidiamo di andare a chiedere a Zélie. La porta è aperta, l'Altro sembra sveglio, batte le palpebre, si gira e bacia Zélie, mi viene da urlare dal nervoso tanto sono stufa di vederli baciarsi in pubblico. Grancoglione dice: Salve ragazze, siete sveglie? (No, no, sai, stiamo tutte e due camminando ma non siamo sveglie, demente!)

«C'è un sacco.»

Zélie si sfrega gli occhi. Ripeto: «C'è un sacco che ieri non c'era e della neve lucida sull'albero morto».

L'Altro si alza, si infila i jeans americani e va a caricare la stufa. In casa sua fa sempre caldo, sicuramente si alza di notte per rimettere la legna. Ci sono sempre dei pezzetti di legna tagliati, preparati in anticipo, non c'è bisogno di andare a raccoglierli di mattina nel bosco. Mette a scaldare l'acqua per il tè. In casa sua i piatti sono sempre puliti, anche alla mattina quando ci si sveglia, e sul tavolo non ci sono le briciole. Zélie si veste, io vorrei farle una coccolina d'amore come prima, ma non voglio toccare il letto dell'Altro, preferisco di no. Zélie si fa una treccia di lato, una trecciona spessa, ci segue, vuole vedere il sacco anche lei. L'Altro resta vicino alla stufa. Se ne frega, come sempre. Zélie apre le persiane, nella camera entra aria fresca e un po' di polvere di neve vola via. Agathe tocca i pacchetti, io resto in disparte, lei urla: Ninon! C'è scritto Ninon! Agathe! Qui c'è scritto Agathe!

Strappa la carta, pazienza, non ci potrà giocare. Dice: Che cos'è? Che cos'è?

Io lo vedo che cos'è, è una casa, piccolina però, non ci si può neanche entrare, è una finta che assomiglia a una vera, con un tetto (non un telone, un tetto con uno spiovente e delle tegole disegnate). Agathe grida: Guarda, guarda!

In un sacchetto di plastica trasparente ci sono degli animali minuscoli, delle mucche, delle capre, dei maiali, così non si dimenticherà mai di Fred, così le sembrerà di essere là quando è qui. Guardo il mio pacchetto, mi fa venire in mente la scatola delle scarpe, ma la carta è molto meno bella e sotto è sbilenco. Infatti non è la stessa cosa. Tolgo piano la carta e la piego. Ho anch'io una fattoria! Ma una ancora più bella, con delle finestre che si aprono e una porta d'ingresso con disegnata sopra una serratura. Davanti alla casa ci sono dei piccoli steccati e un giardino verde, è per finta, mica è vera, serve per divertirsi insomma, per immaginare casa mia, quella mia e di Fred nell'attesa che sia finita. In piedi vicino alla porta, a braccia conserte, Zélie ci sorride. Agathe ha scartato tutti i suoi animali, gioca con loro e canticchia: Coco-coco-coco per chiamare le galline e decide che terrà le capre nella plastica. Ho anch'io degli animali, ma sono delle tigri e dei leopardi, Zélie ha intuito che farò la viaggiatrice africana più avanti. Zélie ha spesso l'aria di una che se ne frega, ma in realtà no, mica tanto. Si avvicina a noi, si accovaccia. «È stato Olive a costruire le fattorie, era per questo che non potevi entrare nel suo laboratorio, Agathe.»

E aggiunge: «Oggi è Natale».

Agathe spalanca gli occhi: «È l'omino rosso della cassetta della posta che ci ha portato la fattoria?»

«Ma no, siamo stati noi a farvi i regali. Babbo Natale non esiste.»

Io alzo le spalle, certo, Babbo Natale non sa costruire una vera fattoria con gli animali. Ho già sentito parlare di lui a scuola, ma non ci ho mai capito niente. In realtà, Babbo Natale è un eroe dei libri, un alcolizzato con un nasone rosso, come i vecchi del mercato di Durtal. Zélie ci spiega che prima non festeggiavamo mai Babbo Natale perché, uno: lei e Fred non avevano i mezzi, e due: nostro padre è traumatizzato dal Natale per colpa della sua infanzia. Lui non riceveva mai regali, era solo suo fratello ad averne. Ci dice che fino a quando avevano vissuto insieme era stato meglio non fare assolutamente niente, ma che lei (Zélie) sognava di farci la festa dei regali ed ecco qua, è successo.

L'Altro sta vicino alla porta, ci guarda, ha l'aria di uno abbastanza contento di sé, è un orgoglioso. Metto via gli animali nella fattoria.

Sono animali selvatici, le tigri bisogna curarle e addomesticarle per bene.

Sono seduta nel bagagliaio tra le zampe di Raymond, Agathe racconta a Fred dei regali e di tutta quella roba lì. Dice che la sua di fattoria è strastupenda magnifica, che ha delle capre che non vanno nel campo del vicino perché lei sta a curarle come si deve. E che nella sua casa lei chiude a chiave e c'è tutto pulitissimo, che è la sua di fattoria, la sua fattoria orto. Fred si concentra sulla strada, non si vede un tubo di niente con la nebbia, ha il naso appiccicato al parabrezza, i capelli tutti arruffati, gli occhi stanchi, con del nero sotto, ma non nero da zoccola, nero da sfinimento. Gli chiedo se anche lui ha festeggiato il Natale con i gamberetti, lui fa di no con la testa. Forse sta pensando a quel mio zietto che è sparito intanto che veniva al matrimonio di Gaétan e Delphine, quando io facevo la damigellina d'onore con un vero vestito bianco. Non so perché, quando Fred è triste mi viene sempre in mente quel pezzo di prosciutto che non ho potuto mangiare perché siamo dovuti andare via presto presto presto, e quel silenzio nonostante la musica, come se il mondo avesse smesso di respirare proprio insieme con il mio zietto.

Agathe parla della sua fattoria organizzata e del suo caseificio fuori dalla casa per evitare le mosche d'estate. Fred guida a rallentatore, vuol dire che non abbiamo più tanta benzina.

È strano un paesaggio senza contorni, quando si vedono soltanto le curve e quando gli alberi si perdono dentro le nuvole, è un po' come nella mia testa quando voglio dimenticare tutto. In quei momenti lì, mi dicono che ho la testa per aria o che ho la testa nelle nuvole, sì, è esattamente così, metto della nebbia intorno ai pensieri, così li dimentico.

Il furgone parcheggia da qualche parte sull'asfalto, Fred vuole fare delle compere, torna in fretta con un sacchettone e poi rientriamo a casa.

Corre dentro con la spesa e io lo seguo da lontano. Oggi in casa nostra fa freddo. Di nascosto, penso al mio letto in casa dell'Altro, al lenzuolo morbidissimo sotto la pancia e all'abete. Mi ricordo l'odore della colazione vicino alla stufa a legna e quello del riso con le cipolle alla griglia.

Soffio via la condensa e mi infilo le mani dentro il golf. La casa è immobile come la carcassa di un'auto in un orto senza verdure, nel caminetto manca il fuoco, Pépite e Chocolat dormono con il collo ribaltato all'indietro, la bombola del gas è stesa vicino al fornello, chiedo a Fred se ci ha pensato a comperarne una nuova, lui si è dimenticato ma adesso ci torna, merda, non c'è più benzina, non è sicuro di arrivare fino dal benzinaio, vabbè, faremo scaldare l'acqua sul fuoco.

Dal soffitto si staccano pezzi di telone, Cucù miagola attaccato alle mie gambe. Agathe corre fuori con Raymond, si stende nell'erba bianca di brina, urla, Raymond le salta addosso. È bella Agathe con quei riccioli scuri e il viso chiaro come il ghiaccio, è una principessa. Entra in casa.

Fred mi chiede: «E così è passato Babbo Natale?»

Io rispondo secca: «Babbo Natale non esiste, sono tutte balle».

Mi guarda con gli occhi cerchiati e la barba scura, apre la bocca ma non dice niente, così gli viene una faccia lunghissima mica tanto bella, è come se la sua barba si fosse trasformata nella barbetta del mago che taglia in due le donne. Agathe si volta. «Noi ce ne freghiamo di quando è nato Gesù, a noi quello che ci piace sono i regali.»

Gli spiego: «I regali sono dei cosi per fare finta che ci giochi, mica lo fai per davvero».

Intanto che gli dico così mi sento adulta come un politico con grandi intendimenti popolari. Agathe gli racconta che l'omino sulle pubblicità della cassetta della posta è un uomo travestito, e io aggiungo: «È un alcolizzato disoccupato che si mette una barba per truffarci. Ne abbiamo parlato con Zélie».

Fred è bianco come le erbe aromatiche d'inverno, dice che Natale è sacro, che non abbiamo il diritto di infrangere i sogni dei bambini, è sacro, che cazzo... Io e Agathe siamo appoggiate con la schiena contro il caminetto (anche se dentro non c'è il fuoco), il papà si precipita verso la credenza, è indeciso, si alza sulla punta dei piedi, noi smettiamo di respirare. Ha un'espressione tristissima e anche arrabbiata. Mi vergogno di avere festeggiato Natale e di avere avuto in regalo una fattoria, non so perché, ho la stessa sensazione di quando mi sveglio dopo aver fatto pipì a letto. Guardo la casa intorno a mio papà e penso alla mia fattoria in miniatura (ci metterò dentro una stufa con dei pezzetti di legna tagliati in anticipo). Lui prende un pacchetto nascosto sopra la credenza, lo butta per terra, ne prende un altro, butta anche quello e dice: «Visto che non credete a Babbo Natale, eccoli qua i vostri regali!»

Si copre gli occhi con la mano, sembra voler chiedere scusa ma no, esce e va a raccogliere la legna morta. Raymond annusa i pacchetti e mugola.

Con Agathe ci avviciniamo piano, non sono proprio dei regali, non c'è la carta sopra, sono dei bebè tutti rosa con un piccolo biberon di fianco. Agathe piange, raccoglie un pacchetto trasparente con dentro il bambolotto. Ha la gamba rotta. Lo culla dentro al suo cellophane e canta.

PARTE SECONDA

La meraviglia più grande della natura è la primavera. Quando ti svegli di mattina gli uccelli cantano il sorgere del sole, cantano perché sono felici, sono felici perché sono innamorati.

In primavera le capre partoriscono. Quando vedo che dietro gli pende la sacca le seguo ovunque, e dopo gli faccio coraggio se belano per il dolore. Qualche volta tolgo io la membrana che impedisce al caprettino di respirare e poi le lascio leccare i loro piccoli. Il caprettino sta in piedi sulle sue zampe magroline, bela e con la testa dà dei colpetti contro la mammella agitando la coda. Le capre sono delle mamme dolci, non abbandonano mai il loro cucciolo, lo chiamano appena si allontana e continuano a masticare il fieno intanto che lui poppa, come se se ne fregassero, invece proprio no, non pensano ad altro che al loro cucciolo d'amore.

In primavera Fred fa la semina delle sementi, ne

mette giù parecchie perché gli piacerebbe venderle sui mercati con i formaggi. Rivolta la terra, traccia linee con la funicella, fora con il piantatoio. Io lancio i chicchi e dopo ci passo sopra con la bici per conficcarli bene dentro, oppure li ricopro di terra con il retro del badile. Mi piace l'odore della terra, le unghie nere dal lavoro e l'annaffiatoio quando è vuoto.

In primavera Fred ha delle innamorate. In realtà Fred imita il caprone, ha diverse innamorate ma nessuna resta ad abitare in casa nostra. Loro non fanno abbrustolire le fette di pane, non sanno mungere, trovano che gatto Cucù sia orrendo, hanno tutte un appartamento dove ci invitano di sera. Delle volte, quando da loro è troppo piccolo, invitano solo Fred e io rimango con Raymond per controllare la casa.

In primavera Fred suona il flauto o la chitarra nei prati, io corro dietro alle capre e ci raccontiamo i nostri sogni.

Di tutti gli amici in comune, soltanto uno torna a trovarci ogni tanto, è Nicotine. A lui l'Altro non piace perché avrebbe voluto essere al suo posto, così è solidale con Fred. E Fred è felice, gli è rimasto un amico, il che dimostra che non è poi uno schifoso puzzone come dice l'Altro. Nicotine fuma tutto il tempo e rimane vicino al fuoco a lungo quando abbrustolisco le fette di pane, a lui non piace che io lo chiami così, preferisce Nico, così io lo chiamo Nicotto e lui mi soffia addosso il fumo. Gli chiedo: «Tu te ne freghi che mio papà è violento, vieni lo stesso». (Bisogna giocare d'astuzia, se chiedo con un punto di domanda si metterà a fare Mister Elovengoadireate.)

«Che dici?»

«Gli amici dicono che Fred è un lercio bastardo che ha ferito Zélie.»

«Tutti coglioni, quelli, tutti vigliacchi...»

Strano, all'improvviso mi piace molto Nicotine.

«Lo vedevano che stavano andando a fondo, e non hanno alzato un dito. Dopo, è facile dire chi dei due ha spinto sotto l'altro.»

Nicotine in effetti è simpatico. Si rolla una sigaretta.

«Allora mio papà non è così bastardo?»

«No, non tanto. È stato Olive a raccontare cazzate per essere sicuro di non trovarsi più Fred tra i piedi. Insomma, immagino sia andata così...»

Sembra dubitarne, riflette a lungo con la sua sigaretta, ripete: Insomma, credo... immagino... suppongo...

E a me fa ancora più confusione vederlo così, un po' serio, un po' triste, un po' un bel niente. Un giorno chiederò a mio papà, lo guarderò dritto negli occhi e gli dirò: Raccontami la verità senza menare il can per l'aia (Zélie dice che lo fa sempre con me, ma io le giuro che né io né lui meniamo mai Raymond, né nell'aia né da nessun'altra parte). Quel giorno sfiderò i miei incubi di notte a colpi di scopa e a secchiate, e poi punto e basta.

Abbiamo sbancato il terreno, possiamo iniziare con la travatura. È previsto bel tempo, così potremo dormire sotto le stelle intanto che tiriamo su tutto. Nicotine è qui per aiutare e due ragazze discutono nell'attesa che qualcuno gli dica cosa fare. Saltellano con i pantaloni della tuta rosa dicendo: Fa freschino in mezzo alla natura!

Finisco di bagnare i chicchi, appoggio l'annaffiatoio e vado ad aiutarle. Mi arrampico sull'impalcatura che balla come una barca, urlo: Issate le vele, sono il pirata dei formaggi! Fred sta facendo dei calcoli sulla piantina della casa, non è nella posizione giusta, è strano, si innervosisce da solo: Cazzo, è addirittura fuori! Non capisce, eppure aveva tracciato i piani con il laser.

Una macchinina bianca pulitissima avanza sul terreno, scendo e le corro incontro, faccio: Ciao! Il cantiere dei pirati del formaggio è qui, yo! Stoppa, stoppa, stoppa qua! (Faccio come nei parcheggi dei festival reggae.) La donna ha un'espressione un po' stupita, mi dice che è martedì, non vado a scuola? Le rispondo che, yo, io vado a scuola fifty fifty, il lunedì e il giovedì, ma non questa settimana because cantiere, man! Lei parcheggia, si sistema il vestitino bianco e mi segue fino all'impalcatura. Chiamo Fred per avvertirlo, lui mi manda a cagare perché accidenti non sono stata attenta quando ho misurato i piani, grida: Siamo nella merda, non è nella posizione giusta, cazzo, non avrei mai dovuto fidarmi di te! Nicotine gli passa la sua sigaretta, lui fa un tiro, anche le ragazze la vogliono. Avverto che è arrivata una nuova amica, lui fa un gesto vago intanto che con l'altra mano allunga il metro a nastro. L'amica è indispettita, si sistema il vestito, così le propongo di venire ad aiutarmi a preparare la pappa. Butto la pasta nell'acqua che bolle. Ho cannato alla grande, non c'è abbastanza acqua nella pentola, verrà fuori una pastasciutta collosa tutta attaccata sul fondo, sai che figata. (Parlo più trendy da questo week end, siamo andati a una festa reggae e mi è stra-pia-ciuto, più avanti farò la musicista reggae, con una chitarra elettrica.) L'amica è un pochino smarrita, le chiedo dove abita. Ad Angers. È una ragazza di città, è per questo, deve adattarsi. Noialtri siamo contro il rumore dei motori nelle strade, abbiamo scelto la campagna e i castagni, è proprio un'altra cosa. Lei è d'accordo con me: Sì, è proprio un'altra cosa, niente da dire. La mando a prendere l'acqua, torna subito con il secchio mezzo vuoto, dentro il pozzo ha visto un animale. Dice che non dobbiamo bere quell'acqua, non è potabile, io urlo dal ridere: Ma sì, è ottima, sono solo degli inoffensivi ragni d'acqua! Le do una pacca sulla spalla e le dico: Dovresti chiedere a Nicotine se ti fa fare un tiro per rilassarti (dice sempre così, Nicotine). L'amica fa: No, grazie.

Si interessa molto a me, mi fa delle domande e poi, come se fossi un'adulta e dicessi cose supermegabelle, annota le mie parole su un quaderno. L'amica vuole sapere tutto di me, mi sento molto importante, un po' politica. Intanto che lei ricopia tutto in bella torno al pozzo, e oplà, rieccomi in un baleno con il mio secchio, butto fuori gli insetti e aggiungo acqua nella pentola. La pasta si è tutta incollata. L'amica mi guarda fare, annota la ricetta sul quaderno, sono abbastanza orgogliosa di insegnarle la ricetta della torta pastasciuttata. Sfrego i piatti con la cenere, sciacquo ed è pronto! Corro al cantiere. Dietro di me, l'amica fa i passettini piccoli e intanto si tiene la gonna, io chiamo Fred. È seduto sull'impalcatura, dice che arriva ma, dalla faccia, so che non verrà, gli dico che non va affatto bene saltare i pasti, lo obbligo a venire a mangiare. Scende mugugnando che i piani fatti male sono proprio una brutta storiaccia.

Gli altri vanno all'accampamento. Fred salta su un mucchio di fieno e si immobilizza come una statua. Lei pure. E non dice niente. Lui è imbarazzatissimo, si gratta la testa, è la timidezza. Lei lo guarda a lungo e intanto si sistema la gonna. In quel preciso momento, io so. È una certezza evidente che niente potrà mai cambiare. È la vita. È l'amore in una frazione di secondo.

Il colpo di fulmine.

Io so che è lei, e già l'amo quella donna, lo so che è lei, è come nei film a casa di nonnina, dove si intuisce e si piange una lacrimuccia. Raymond le salta addosso, lei grida, anche Raymond ha annusato il colpo di fulmine, adesso le annusa il didietro.

Ho un nodino in gola per tutta quell'emozione. È bello, è tenero e fa sentire caldo dentro nel cuore. Fred mi chiede di lasciarli soli per favore, gli strizzo l'occhio, dico: Okay. E vado a servire il pranzo.

Mi succede sempre a casa di Zélie. Quando mi sveglio è troppo tardi. Lo so che non va fatto, ma è talmente bello, potrei fermarmi nel bel mezzo, ma allo stesso tempo non ci riesco, il liquido caldo mi scivola sotto le chiappe, all'inizio lo trattengo e poi lo lascio andare, sono una bambola molle, non lo faccio apposta. So che non dovrei, lo so e proprio per questo farlo mi fa sentire ancora meglio, è più forte di me. Dopo tengo aperti gli occhi un attimo, il bagnato si sta già raffreddando, scivolo sul bordo del letto, Agathe dorme, asciugo un po' con la coperta e mi sposto. Un vago odorino di qualcosa di noto fa borbottare Agathe.

Alla mattina Zélie mi dice: Succede sempre di domenica sera, prima che tu torni là, sei sicura di volerci andare, Ninon?

Certo che voglio. Lo voglio assolutamente.

Dal colpo di fulmine Fred non è più lo stesso. Pensa tantissimo a lei e a volte questo lo rende molto triste. Si occupa parecchio di me e tutte le sere mi canta delle canzoni. Mi accarezza la testa con dolcezza quando formo i formaggi o quando mi metto vicino al fuoco a far sciogliere il cioccolato in polvere. Non mi sgrida quando sputo la polvere nel fuoco per fare le fiamme grosse, in realtà non mi sgrida proprio più. E addirittura evita di dire le parolacce davanti a me. Non so cosa gli ha fatto l'amica, non è più lo stesso uomo. Ride anche di meno. Io però preferivo quando mi sgridava un po', almeno per il resto del tempo ghignavamo.

L'amore è davvero più semplice negli animali, è meno sconvolgente, si fanno una bella coccola uno sull'altro come capita capita, sono agitatissimi ma non per tanto, e dopo non se ne parla più. Gli umani si mettono a pensarci o a sognarci su, che ne so. Zélie, da quando ama l'Altro, ha deciso di prendere la maturità, e Fred da quando ha avuto il colpo di fulmine rifà le piantine della casa, è serio, si mette perfino a fare i conti su un quaderno appoggiato sul volante del furgone, annota le spese e gli acquisti, caccia via gatto Cucù perché lascia tracce di zampe sopra le sue zampe di gallina. In effetti credo che non mi innamorerò mai. Preferisco di no.

Fred fa delle tacche sulla parte alta dei muri, vuole mettere le travi grosse e siccome sono pesanti solleva un'estremità con una corda intanto che sistema l'altra nel buco che ha appena fatto. Di solito quando una parte è sistemata bene poi dall'altra crolla giù tutto. Dall'alto della mia scaletta cerco di tenere su la trave, in realtà faccio finta perché non ci arrivo, neanche se mi metto sulla punta dei piedi.

All'improvviso rischio di cadere, sorpresa da un criceto gigante che mi ha raggiunto sulla scala. Mi sorride, gli occhi non si vedono più, si vedono solo le guance che si gonfiano quando afferra la trave. Fred dice: Perfetto, sììììì, un po' a destra! Scende a razzo, Criceto si presenta: Sono il maestro di Ninon e sono venuto semplicemente a trovarla. Fred, tutto grondante, se ne sta lì impalato (senza pala). Io vado a far riscaldare il caffè. Criceto rovista dappertutto, va dalle capre, discute, dice che è una casetta coi fiocchi, bravi, evviva il coraggio! Fred non risponde niente. Da qualche tempo sembra riflettere su tutto quello che dice. Mi ha anche spiegato che a volte bisogna sciacquarsi la bocca prima di dire cazzate. Ho provato a farlo durante la colazione a casa dell'Altro, perché là mi rimproverano spesso quello che dico. Non ha funzionato per niente, Zélie mi ha detto che vado di peggio in peggio e mi ha obbligata a darmi una lavata. È vero che mi ero sbattuta il cioccolato fin sopra il naso. Le ho chiesto se con quei baffi e quella barba assomigliavo a Fred, mi ha risposto: Sssì, sei lercia uguale.

Fred si beve il suo caffè seduto su un mattone, Criceto continua a sorridere e mi lancia delle strizzatine d'occhio. Fred si guarda il ditone del piede. «È venuto per qualche verifica?»

«No, non ho portato i quaderni, ah ah! E comunque non faccio fare le verifiche a Ninon.»

«Ah. Credevo che fosse venuto per la storia dell'affidamento, per verificare come me la cavavo.»

«No, niente affatto. Volevo semplicemente incontrarla.»

Fred si strofina la barba. «Può dirmi la verità, visto il punto a cui sono...»

Mi fa un segno del tipo tufilavia, io decido di andare a liberare le capre. L'ultima volta che mia mamma ha discusso con un maestro, dopo non era più la stessa, mi riprendeva di continuo quando dicevo le parolacce o quando sbagliavo a parlare, alla fine non capivo più niente di quello che dicevo a furia di essere interrotta nel mio dialogo personale. Dopo quello, ha voluto portarmi da un dottore del linguaggio, ma ci siamo andate una volta soltanto, lui ha detto che però io dovevo almeno fare degli sforzi di concentrazione, dare prova di un minimo di motivazione, quantomeno. Non ho mai dato le prove e la cosa è morta lì.

Li lascio da soli un bel pezzo, pulisco i secchi e i bidoni, mangio un po' del latte in polvere dei capretti e a un certo punto cosa sento nella casa? Una fisarmonica! Apro piano la porta: davanti al caminetto Fred suona la chitarra e Criceto, con gli occhietti strizzati, lo accompagna con delle note romantiche. Fred canta una bella canzone, Criceto ripete le parole, le due voci insieme sono pazzesche, è amore che si moltiplica.

Li ascolto un attimo. Mi hanno dimenticata.

E va bene anche quello.

In realtà è bello essere brutti. Voglio dire: ti evita i problemi dell'affetto e tutta quella roba lì.

Se Zélie fosse stata brutta non avrei mai avuto tutte queste menate. Mi ricordo la prima volta che l'ho vista sulle ginocchia di Olive, pensavo che lui la stava consolando. Zélie aveva appoggiato la testa sulla sua spalla, lui l'aveva circondata con le braccia. All'inizio mi è venuto da coccolarla, rassicurarla, dirle: Non è niente, patatina, proprio niente di niente, guarda, soffio e... più niente! Ma non ho osato. Zélie si è alzata in piedi, si è tirata su i capelli e lui le ha dato un bacio mangiabocca. È stato come l'aspirapolvere di nonnina quando prende dentro l'angolo del tappeto. Mi è venuto da urlare: Smettila! Non avrà più la bocca, non potrà più parlare! (Ero piccola allora, non sapevo che si parla con la lingua.) Zélie però sembrava piuttosto contenta di farsi aspirare. Allo stesso tempo, ho pensato con cattiveria che senza bocca non avrebbe più potuto dire cazzate incomprensibili, quel genere di frasi che da un pezzo diceva alle sue amiche e adesso, recentemente, al suo amico mangiabocca.

Mi sa che è molto complicato essere bella, non ci si deve vestire troppo bene sennò le altre ragazze sono gelose, non si deve sorridere troppo spesso sennò Fred si arrabbia, non si deve avere l'espressione triste sennò gli uomini vogliono consolarti, non ci si deve mettere il nero agli occhi perché fa puttana da discoteca, non si deve ridere troppo forte sennò è volgare, non si deve sembrare troppo felici sennò tutti credono che c'è sotto qualcosa, ci si deve lavare spesso se non si vuole diventare una lurida zoccola... È davvero complicato essere bella. Io tutti questi problemi non li avrò mai, una bertuccia (anche senza capelli) gli uomini non li attira.

Zélie e Agathe cantano in macchina. Mi hanno chiesto di cantare meno forte, allora mi accontento di guardare il paesaggio. Sul cruscotto ci sono appoggiate delle chiavi. Io trovo che le chiavi sono una vera cavolata, ma Zélie, da quando pensa come l'Altro, fa tutto uguale. Agathe e Zélie vanno a stare nella nuova casa, è il primo viaggio, andiamo solo a pulire le due stanze. Zélie dice che sarà divertente. Come no. L'Altro la ristrutturerà tutta e, come primissima cosa, metterà una lastra di cemento sul pozzo. Lui non abiterà con noi. Tutto quello lo fa per responsabilità generosa. Sa farsi carico delle situazioni, l'Altro.

La casa ha odore della polvere di morto. Zélie va matta per quell'odore di antichità, non mi sorprende, viste le sue inclinazioni. Agathe vuole preparare subito il suo letto, Zélie passa il tempo nel solaio dove vuole sistemare la camera tutta per lei, con una finestrella che dà sui tetti e un bagno. Mentre scopo penso a Fred che sta sfacchinando con le travi. E io invece sono qui, con la mia scopa inutile che fa volare la polvere dentro i raggi del sole, non ha senso. Zélie trova che sto facendo la musona, non capisce perché non sono allegra. Tanto lei non capisce mai niente.

Sono tutte e due delle borghesi (pure mia sorella). Vogliono una vasca, una cucina a gas con il click click senza fiammiferi, una lavatrice al posto della spazzola dura, sono delle capitaliste politiche. Fuori, il ciliegio è tutto bianco di fiori e il lillà sta germogliando. Zélie vuole piantare un albicocco. Mi spiega che qua, esattamente qua, davanti all'albicocco (che posso sforzarmi di immaginare, sì, anche se non ho idea di com'è un albicocco), farà costruire due camere, una per Agathe e una tutta per me, una vera camera con una scrivania e un comò.

«Ci saranno dei vestiti con le ciliegie nel mio comò?»

«Certo!»

Ogni volta che Zélie è contenta io mi sento male. È come se fosse felice contro Fred, e tutti i suoi gesti sembrano dire: lo vedi o no che ho sempre avuto ragione io!

Fred smonta i pallets e riutilizza le tavole per farci il soffitto. Voglio aiutarlo ma lui si rifiuta, dice che è troppo pericoloso per una ragazzina quel lavoro, ci sono i chiodi arrugginiti, rischio di farmi male sul serio (è davvero cambiato mio papà, delle volte sembra uno sconosciuto estraneo).

«Farmi male come Zélie?»

«...?»

«Come Zélie quando l'hai picchiata?»

Continua a strappare i chiodi dai pallets, un chiodo incastrato non vuole uscire, questo lo fa innervosire. Ripeto la frase diverse volte, funziona sempre alla fine, così la dico di continuo, ogni volta più ad alta voce e più veloce. All'improvviso urla: Stoooop!!! Appoggia il martello e mi racconta tutto. Mi spiega che le cose non stanno affatto così, che sono molto più complicate.

* * *

Lui e Zélie per tanto tempo si sono fatti molto male, tutti e due hanno avuto in modo libero degli amori che non amavano veramente (?), ma Fred pensava che fosse una fase della gioventù, e dentro di sé lui la amava più di ogni altra cosa. Credeva che lei avesse gli stessi sentimenti condivisi, pensava che ci fosse abbastanza amore da essere più forti di tutte quelle storie. Erano giovanissimi e non sapevano bene come funzionava. C'era bisogno di tempo, tutto qua, un po' di tempo e tanta pazienza, e un giorno tutto sarebbe ricominciato in meglio.

Fred mi spiega la storia seduto su un pallet. Si rolla una sigaretta, si gratta la testa e mi guarda sotto il chiaro della luna che è venuta ad ascoltarci. Fred non è un bugiardo, questo lo so. Io sì che delle volte per cavarmela sono bugiarda, ma Fred è onesto in tutte le occasioni, soprattutto da quando è morto il mio zietto e prima non hanno fatto in tempo a rappacificarsi. Da quel giorno Fred pensa che bisogna dire tutto quello che si ha dentro prima che sia troppo tardi. Tutto, tutto, tutto.

Un ululato rompe il silenzio. Io ho fame, lui fuma la terza sigaretta. Dietro le nuvole qualche stella esprime un desiderio. Mi racconta della notte orrenda quando Zélie gli ha detto: Me ne vado Fred, non ti amo, non ti ho mai amato, è sempre stato chiaro tra noi e non ti ho mai fatto credere che ti amavo d'amore.

Lui le ha preso la mano, le ha detto: Resta ancora un po', resta, possiamo provarci un'ultima volta, lo so che ho fatto delle puttanate, resta ancora un po'. Lei ha strappato via la mano e se ne è uscita con: Olive mi aspetta in macchina.

Allora lui si è messo a piangere, per un momento ha voluto perfino morire. Stava facendo da mangiare e in mano aveva un coltellaccio che ha rivolto verso di sé e Zélie si è messa a urlare. È scappata urlando come un diavolo, mio papà le è corso dietro, voleva dirle addio, tenerla tra le braccia un'ultima volta. Zélie gridava che la stava assassinando, correva nel buio. Alla fine mio papà l'ha afferrata. Aveva in mano il coltello ma voleva solo abbracciarla. L'ha tenuta forte per farsi amare ancora un po', un attimo di pace per dirsi addio, era tutto quello che voleva, il mio papà, ma lei si dibatteva così forte, così forte, che lui ha mollato la stretta.

E comunque era arrivato l'Altro a salvarla. Sono corsi fino alla macchina e partiti a tutta birra. Allora mio papà ha lasciato cadere il coltellaccio. E si è messo a piangere.

Il mio papà dice sempre la verità, io lo so.

Rose ha un buon profumo di fiore, Anne mangia cicche alla menta che lasciano l'alito fresco, Lili fa cantare i suoi braccialetti, Mathilde ha anche lei delle capre e non profuma di fiore.

Fred ha delle innamorate, ma non proprio per davvero davvero, con i mazzi di fiori, le serate a cantare tutti insieme e i pomeriggi nei prati a curare le capre. Le ragazze lui le vede di sera. Di mattina poi si torna a casa. Qualche volta una di loro passa per farci un salutino ma lo trova occupatissimo, dentro il caseificio fa certe smorfie, allora aspetta in macchina, legge un libro intanto che sgrida Raymond e le sue zampe sporche, poi se ne va dicendo: Beh, se è così... Oppure: Ho da dirti, ma adesso devo andare!

Con me le innamorate sono carine, spesso mi danno dei dolcetti per merenda. Una formaggella tra un biscotto e l'altro è una mega bontà.

Spesso ripenso all'amica dell'altro giorno, non oso parlarne perché Fred è pudico sui suoi sentimenti profondi, non è uno che si svela così. È quello che dico sempre alle innamorate per rassicurarle.

Loro, le innamorate, parlano per non dire niente, sembrano annoiarsi del silenzio, si dimenano tutte, preparano un mazzolino di fiori e poi lo dimenticano sul davanzale della finestra e mi fanno delle domande senza però farle davvero, tipo: Ma... dormire qui tutte le notti sola con tuo papà, deve essere difficilino, no? Oppure: Ci vorrebbe una donna in questa casetta, da quando abitate qui non ce ne sono mai state? Delle volte mi sussurrano: Di' un po', Ninon, come te la immagini la tua futura mamma? Cioè... Tu forse una ce l'hai già...

Nessuna ancora mi ha detto: Ninon, ti voglio bene anche se non sei proprio bellissima, ti voglio bene e mi piacerebbe sapere come stai.

Al mercato di Angers vendo bene. Anzi, vendo benissimo, è il nostro miglior mercato, guadagniamo un mucchio di soldi e questo ci permette di non farci più mungere dalle banche (sì, perché quando tu mungi le capre, le banche mungono te, e secondo mio papà più mungi più loro ti mungono, così, siccome noi mungiamo due volte al giorno, alla fine è un continuo e anche noi rischiamo di finire il latte). Do il resto, faccio i mucchietti di monetine, i centesimi tutti insieme, poi le monete grandi, e qualche volta (ma è rarissimo) mi danno dei biglietti di carta. Quelli sono biglietti teneri, e sono passati attraverso un sacco di mani, è una faccenda lunga. Mio papà fa l'agricoltore poeta, così dice «il grano» o «i liquidi» quando parla di soldi. Zélie dice parole non belle che fanno male alle orecchie, delle parole pesanti che finiscono con «one», come «bigliettone» o «centone» o «testone». Mia mamma non è poetica quando parla di soldi.

Impacchetto i formaggi meglio di chiunque altro, la carta bianca è perfettamente piegata intorno alla formaggella. Ogni tanto mi lecco le dita che sanno di sale o di cenere. Fred gironzola nella zona orticoltura, prende informazioni sulle sementi, impara i trucchetti dalle belle commesse.

Arriva a darmi il cambio e io vado a fare un giretto, una vecchia signora mi offre qualche melina. Cammino vicino agli stand africani, gli orologi mi interessano, mi piacerebbe tanto averne uno per andare a scuola in orario almeno una volta nella mia vita. Chiedo al commesso nero se mi scambierebbe un orologio con un formaggio, lui scoppia a ridere con le sue gengive rosa (un nero non è nero all'interno, c'ha solo la pelle), mi dice che sarei un'ottima agente di commercio, io alzo le spalle. Sento uno sguardo su di me. Da quando ho iniziato a trattare e a insistere facendo un po' finta di piangere per farlo cedere, sento uno sguardo.

È lei. Sta lì, mi sorride, è bella, si sistema la gonna un pochino più lunga di quella dell'ultima volta. Sotto porta dei collant che lasciano intravedere la pelle, si china su di me, solleva una ciocca dei suoi capelli castani, mi dice: Ma ciao. È ancora più bella dell'altra volta e profuma di cioccolato al latte. Il tempo si è fermato, il commesso nero si occupa d'altro, intorno a noi passa la gente. Non so cosa dire, così faccio: «Perché non vieni più a trovarci?»

«...»

«Dovresti venire, potremmo andare a curare le capre e abbrustolire le fette di pane noialtre due insieme.»

Lei è indecisa, chiude gli occhioni nocciola, le dico: «Tu, con i tuoi colori, sei una ragazza autunnale».

Mi prende per mano e camminiamo vicino a delle percussioni fatte con la pelle di capra, lei non lo sa neanche che sono pelli di capre morte! Dopo passiamo di fianco a dei banchi di frutta dell'Africa, lei non aveva mai pensato che non bisogna comperare le banane viaggiatrici che inquinano l'universo! Non dice niente, tranne: No... Insomma... Io... Ah, sì?

Senza esagerare, è bella quasi come Zélie e sorride-piange spesso, cioè ha la bocca che sorride ma gli occhi che restano grandi e tristi. Glielo dico e lei mi risponde: «Hai ragione, Ninon. Sì, sono allegra e triste allo stesso tempo. Ti guardo e nella testa mi si mischia tutto: è una gioia vederti così chiacchierina, così allegra, e però sono anche triste perché so che tu fai una vita molto difficile».

Adoro come mi parla, mi dice delle parole nuove, lei non parla in modo sciocco come certi.

La rassicuro: «La mia vita non è difficile, è bella, è un bocciolo di rosa che si apre sotto la rugiada, è bella la mia vita da autarchica. Ovviamente non lo puoi capire, tu. Tu conosci solo le autostrade».

Per un bel po' non dice più niente, le propongo di venire a dire ciao a Fred, lei rifiuta. Le chiedo se ha l'amore timido, non capisce cosa voglio dire, no, sul serio. Dico peccato e mi allontano saltellando tutta allegra, ma poi torno correndo verso di lei. Uno: per darle un bacino e ritrovare l'odore di cioccolato, e due: per chiederle: «Com'è che ti chiami?»

«Anne-Sophie.»

«Anne-Sophie, sei bella come una torta luna.»

Pépite bela piano, io le bisbiglio delle parole dolci, le spiego che non è niente, è il suo cucciolino che mette fuori la punta del naso. Lei guarda di qua e di là con gli occhi stupiti e aspetta. È notte, ho acceso una candela.

Ieri Pépite trascinava tra le chiappe un sacco trasparente, sapevo che sarebbe stato stanotte. Pépite e Chocolat vivono con noi perché la loro mamma è morta mettendole al mondo, così le abbiamo tenute in casa, le abbiamo allattate con il biberon e adesso vanno nel panico appena non ci vedono. Una volta abbiamo voluto lasciarle nella stalla insieme con le altre ma quelle non le hanno accettate, bisogna anche dire che rompevano le palle a tutti belando come se stessero per morire. Fred dice che sono handicappate, è vero, hanno un muso un po' sbilenco e la punta del naso più rosa di quella delle altre capre. La differenza con gli handicappati umani è che le capre non guardano insistendo con gli occhi per poi distoglierli velocissimamente subito dopo. Gli umani invece guardano gli handicappati come se non fossero uguali. Lo so, questo, perché spesso al mercato ce ne sono. La cosa peggiore è quando sono in gruppo, gli handicappati vogliono toccare tutte le verdure (e delle volte vogliono palpare anche le commesse che fanno finta di essere gentili, ma non dura molto).

Ieri sera Fred è andato a casa di Rose. Io sono voluta restare perché lo sapevo. È la prima volta che Pépite partorisce e si chiede perché ha la pancia così dura. La candela brucia da un pezzo. Dietro di noi il siero cola dentro le vaschette. Spingo via gatto Cucù che si è appena bruciato i baffi. Pépite sta distesa sulla pancia leggermente sul fianco, con le zampe piegate. Le accarezzo i piccolini (io li chiamo così i batuffoli di peli che le pendono sotto il collo) e poi la gratto in mezzo alle corna, bela meno forte ma profondo, come se stesse per succedere un dramma.

Non mi sento proprio rassicurata, ma faccio finta di sì, così lei si fida di me. Chocolat se ne frega, apre gli occhi ogni tanto e poi si riaddormenta. Pépite bela un po' più forte, allora tocco il buco della nascita, le dico: Spingi, spingi… Ma lei non fa niente. Sotto le dita sento qualcosa di duro come un osso, non so cos'è, è tutto bagnato e sbilenco. Pépite bela ancora e io vedo il coso, avvicino la candela che appoggio sul mucchio di fieno, vedo un robo tutto duro, non è affatto come una testa di capretto, sopra ci sono dei peluzzi, sembra una zampa di ragno africano. Allontano quell'immagine per dimenticare che ho paura, guardo fuori, non ci sono stelle. Il vento fa scricchiolare gli alberi, la candela non durerà ancora molto.

Prego come Agathe, guardo il cielo senza stelle, prego la vita perché arrivi alla svelta in quel corpicino strano. La zampa di ragno non si muove... Pépite bela ancora, dal buco escono due zampe, non si muove niente, immagino il cucciolo che non riesce più a respirare e io non so assolutamente cosa bisogna fare, il piccolo soffocherà, garantito. Pépite respira piano masticando a vuoto, la accarezzo, non serve a niente, sembra che stia pensando che è tutto finito. Si è arresa, è così, ha mollato. Il cuore mi fa delle cose nelle orecchie, continuo a pregare la vita ma non si muove niente, la candela sta per spegnersi e il capretto resterà morto dentro il buco nero. Cucù fa le fusa vicino a Chocolat, la notte è immobile e silenziosa, la vita ci ha dimenticate stanotte, si è addormentata anche lei.

Vorrei urlare ma mi è tornato in gola il gatto. Tanto, anche se gridassi, mi farei paura da sola. Guardo le due zampe bagnate del ragno gigante, le prendo in mano e tiro, tiro e dentro il cuore chiamo aiuto, tiro. Il buco si strappa, Pépite sobbalza e bela pianissimo profondissimo, c'è sangue, io tiro, tolgo i bordi bagnati che sanguinano, ho paura di strappare le zampe che mi scivolano tra le dita e… di colpo una testina fradicia e macchiata spunta dal buco, mollo tutto. Piano piano si appoggia sul fieno, tiro un pochino dietro la nuca e il cucciolo scivola sulle mie ginocchia che tremano. Pépite si gira per leccargli il muso. Il capretto apre gli occhi prendendo boccate d'ossigeno.

La candela si spegne.

Tornando da scuola, questo pomeriggio, mi sono accorta che avevamo un soffitto. In questi ultimi giorni ero un po' altrove, pensavo ad Anne-Sophie che è bella come uno spicchio di luna al crepuscolo della sera e riflettevo sulla scuola. In classe, mi sento in combutta con Criceto adesso che noi due abbiamo un segreto in comune. Questo mi fa venire voglia di provare ad ascoltare ogni tanto (richiede molta energia ascoltare, bisogna lasciare perdere i sogni dell'immaginazione e bisogna dimenticarsi la vita vera, però senza addormentarsi).

Adesso abbiamo un bel soffitto con delle tavole di pallets inchiodate alle travi e Fred ci ha colato sopra una copertura decorata dalle zampette di gatto Cucù. Mi chiama, è allegro e molto fiero di sé. Mi chiede se mi va di andare a bere una granatina. Non aspetta la risposta, la sa già. È felice Fred, si gratta la testa, si scuote i vestiti, si batte le ginocchia per fare fumo. Raymond salta sul furgone, Fred dà dei colpetti all'indicatore di livello per far risalire l'asticciola, io vado in cucina a prendere un litro di olio di girasole, nel caso che finiamo senza benzina, e si parte.

Al bar *Chez Mimi* io e Fred ci facciamo una partita a calciobalilla, io sono negata ma non è importante visto che ci divertiamo. Chiama un amico sconosciuto a prendere il suo posto e io gioco in coppia con Fred. Appoggia le sue manone sopra le mie, dice: Veloce, andale, andale! Oh, ma non ci credo... Su, tocca a te!

E vinciamo! Io e Fred siamo una squadra super, nonostante le apparenze.

Dopo ci mettiamo a un tavolino in un angolo tranquillo, lui tira fuori dei fogli dalle tasche, li apre e li stende lentamente, cadono dei fili di fieno, mi legge il primo testo.

«Egregio Signore,

A seguito della nostra visita del 19 dicembre... blablabla blablabla blablabla (non capisco niente, Fred legge velocissimo e, alla fine, legge lentamente scandendo bene). In considerazione delle difficoltà da voi riscontrate nella sistemazione dell'alloggio, abbiamo deciso, dopo concertazione, di effettuare una seconda visita.»

Fred è felice. Mi spiega che gli danno una seconda possibilità, che è stupendo, bisogna avere fiducia nella vita, anche se tutti ti fanno pensare il contrario, bisogna nutrire fiducia assoluta e non scoraggiarsi mai, questo ne è la dimostrazione. Mi tende il secondo foglio, mi sorride, si mette le mani sulla pancia appoggiandosi allo schienale della sedia che cigola. Apro la lettera:

«Egregio Signore,

A seguito della mia visita (è la stessa lettera? Fred mi dice di continuare) del 23 marzo scorso... blablabla blablabla blablabla (non capisco niente, Fred mi dice: Leggi in fondo, in fondo!)... Alcuni elementi, dovuti a particolari circostanze, non mi permettono di redigere la mia relazione in modo soddisfacente. Ho pertanto deciso, in via del tutto eccezionale, di farvi nuovamente visita nei mesi a venire. Vogliate gradire i nos...»

«Non mi avevi detto che era venuta!»

«Ma se c'eri...»

«Tutte balle.»

Mi alzo, ma sono anche contenta perché Fred ha ragione, è nato sotto le stelle buone e la vita si fida di noi. Di questo sono veramente felice, anche se erano tutte cose che sapevo già. Però sono anche tremendamente delusa, perché mi ha nascosto che la Signora Assistenza è venuta. Chiaro che era per proteggermi, per non farmi spaventare, dopotutto è vero, forse lei assomiglia a quelle streghe con la verruca pelosa. Fred mi protegge. Ma allora, se mi ha mentito, vuol dire che è un pochino bugiardo e...

Un enorme dubbio mi entra dentro, freddissimo e

tanto duro, mi avvolge e mi dice cose orrende che non voglio sentire.

Per festeggiare la bella notizia Fred mi propone di fare un partitina a calciobalilla, noi due contro lo sconosciuto del bar.

Dico: «Per festeggiare cosa?»

Corro verso il furgone.

Piove.

Strane, le stagioni. L'autunno è la fine di tutto quello che conosciamo e l'inizio del vuoto che poi con il tempo piano piano si riempie. È Zélie che va via, il materasso sul tetto, le foglie che volano e gli uccelli migratori. All'inizio ci sono giorni piovosi senza cielo e di colpo un raggio di sole che si è dimenticato di andarsene. L'autunno è quando Zélie ha lasciato Parigi tanto tempo fa, è l'inizio della scuola e gli amici che vanno a mele o alle vendemmie, sono anche le composte fatte con le mele golden colte al volo nei frutteti.

L'inverno si avvicina. L'inverno dura tanto tempo, il cielo ci tocca la testa, il parabrezza è ghiacciato, bisogna raschiare e si va con il finestrino aperto per guardare di lato, perché man mano torna a ghiacciarsi. L'inverno è anche i pulcini nel letto, gatto Cucù che si annoia vicino al fuoco e Fred che si sveglia con i capelli tutti induriti dal gelo.

Ma quando arriva la primavera tutto accelera. Le margherite perdono i petali sotto le mie dita speranzose, Fred costruisce la casa cantando. In questo momento sta mettendo la grossa travatura (sotto ci potremo sistemare il fieno che quest'anno, garantito, sarà ottimo). In primavera i prati sono verdi e le capre grasse, dimentico perfino che non facciamo più feste, dimentico tutti gli amici che ci hanno mollato, non voglio più vederli con quelle loro sopracciglia aggrottate, non voglio più dubitare. Delle volte mi rifiuto perfino di andare a trovare Zélie, così è Agathe a venire più spesso. Lei piange sempre la domenica sera, quando deve andare via, mi dice che tra poco tornerò ad abitare con lei, e in più avrò una camera super e cambierò scuola. Ripenso al mio vestito con le ciliegie che Raymond si è mangiato perché aveva un saporino dolce, ci ripenso e lo dimentico. La vera felicità non ha niente a che vedere con un vestito con le ciliegie. La vera felicità non la conteggi nella testa, è invisibile, è nell'istante del presente, è come una coniugazione che non ci hai capito niente, non la coniughi al futuro imperfetto, tanto è perfetta, è sempre dove non te l'aspetti, devi solo aprire gli occhi.

A casa di Zélie passano sempre delle amiche, ma quando ci sono io nella stanza bisbigliano con il muso lungo e Zélie mi chiede di andare in camera. In realtà una camera è una vera cavolata, è un posto dove si è obbligati a far finta di giocare intanto che i grandi dicono delle cattiverie.

In primavera delle volte fa caldo e me ne frego se ho perso il golf (l'ho perso costruendo la mia capanna di felci). Agathe è rimasta impressionata: «Che bella che è la tua capanna».

«Non è una capanna, è camera mia.»

Lì dentro abbiamo appoggiato dei pallets e sopra ci abbiamo fatto un materasso con la mia trapunta. Ho messo del fieno per Pépite e il suo caprettino e ho preparato un mucchietto di formaggelle in un angolo riparato, Agathe ha fregato qualche provvista da casa di Zélie e ci metteremo a vivere qui, io e Agathe, in autarchia autonoma. Lei non mi lascia andare un attimo la mano e quando litighiamo ci dispiace subito perché non vogliamo sciupare il tempo in queste cose, come i grandi. Noi siamo bambine. Agathe mi guarda con gli occhioni umidi, io la rassicuro intanto che abbasso la testa per entrare in casa nostra: Abbiamo tutta la vita per litigare, no?

Un giorno ti svegli, gli uccelli cantano forte, negli occhi gonfi è ancora notte invece è già mattina, non hai avuto freddo nella capanna, Fred ha finito la travatura, mangi le fragole dell'orto, qualche capra è stata data via (?), Agathe resterà qui tanto tempo, almeno un mese, e sta ridendo in silenzio.

Un giorno ti svegli e lo sai: è estate.

Fred è molto preso, ha un po' esagerato con l'orticoltura, il lavoro è più di quello che credeva. Spesso non me la sento proprio di aiutarlo, allora faccio finta di dormire nella capanna. Agathe dice sparata: No, e aggiunge: Me ne frego se mette giù il muso. Zélie le ha insegnato a non sforzarsi mai per fare contenti gli uomini.

Zélie ha accettato, in via del tutto eccezionale, di farmi portare qui la mia bici, anche Agathe è arrivata con la sua, così potremo andare a prendere il pullman per il centro ricreativo, oppure andremo in piscina o passeremo a casa degli amici, poi si vedrà.

Quest'estate, per la prima volta, faremo le vacanze con Fred. Siamo invitati a un raduno sull'oceano pacifico, nel Larzac, metteremo a posto il furgone, sarà una roba super (io ho già visto il mare, ma di corsa, un giorno, qui è diverso, è tutti i giorni per due settimane). Verrà Nicotine a sostituirci, sarà lui che si occuperà della mungitura e dei formaggi. Nel frattempo sta passando tutto il tempo a casa nostra per imparare il mestiere.

Delle volte mi sento vuotissima. Come se la mia testa avesse vomitato i pensieri e le grandi idee, come se il mio cuore fosse diventato duro, bello protetto sotto uno strato di Cina. Delle volte guardo casa mia ed è come un sogno irreale, quando sai che ti sveglierai di colpo, per la pipì ad esempio, e non è che ci credi veramente.

Fred dà una scopata alle mangiatoie, io cerco lì sotto delle uova (abbiamo un gallo e delle nuove gallinelle), il cucciolo di Pépite ciuccia il mio vestito, Fred mi guarda.

«Hai la luna storta, Ninon?»

Mi viene in mente la luna dell'oceano, che era tutta sbilenca, faccio di no con la testa. È tristissimo, così si rolla una sigaretta e io non riesco a dirgli niente, perché non lo so se qui adesso ce l'ho dritta o storta, la luna.

Agathe raccoglie rametti di salice, Fred inventa una canzone, Raymond fa il cuscino, le capre brucano tranquille e io intreccio i lunghi fili di salice ancora verdi.

«Durante le vacanze sarà fantastico, ci stenderemo tutti i giorni sulla sabbia fine.»

Fred alza la testa e sputa il filo d'erba.

«Ma no, nel Larzac non c'è il mare!»

Agathe scoppia a ridere, mi chiede se per caso vado a scuola, no perché sennò lo saprei eccome che il Massiccio centrale è l'ombelico al centro della Francia. Ride anche Fred, Raymond guaisce mostrando i denti (lui capisce tutto). Butto via i miei rametti intrecciati strabelli. Sono stufa marcia che tutti mi sfottono e mi guardano come una Pépite handicappata, mica è colpa mia se ho le lune sbilenche! E scappo via correndo.

* * *

A casa di nonnina, nel cortile d'ingresso, qualcuno ha costruito una capanna di tessuto completamente rotonda, molto più bella della mia di felci. Sylvain tira fuori la testa brontolando perché l'archetto non è della misura giusta, mi fa ciao. Sylvain è mio zio, il fratellino di Fred. Quando ero piccola mi portava dappertutto con il motorino ma da quando studia ad Angers non passa neanche più a trovarci. Fred dice che ci snobba perché fa l'intellettualone.

Dalla capanna spunta una seconda testa, è una ragazza. «Ciao ometto, vuoi qualcosa?»

«Che bella che è la tua capanna.»

Sylvain, con un archetto in mano, alza le spalle. La ragazza mi sorride (sulla lingua ha una pallina di ferro). «È il nostro igloo, andremo in vacanza al mare, sai, stiamo facendo una prova.»

Mi strizza l'occhio e guarda Sylvain ridendo con le sue guanciotte.

«Vai via anche tu?»

«Vado anch'io in vacanza al mare.»

Alla fine mi dimentico di andare a trovare nonnina. Riattraverso il portone, passo di fianco alla macchina stracarica e al ritorno pedalo lentamente per lasciare a Fred il tempo di preoccuparsi e di dispiacersi delle sue cattiverie. Sul ciglio della strada, Agathe mi sta aspettando, mi tende un fiore di primula odorosa, ci mangiamo i campanellini gialli. Dopo lei vuole andare alla capanna, ma io rifiuto, ho da fare.

Fred è nell'orto, raccoglie i fagiolini, mi chiede di aiutarlo, non rispondo, ho da fare. In cucina, vicino ai bidoni, recupero un sacchetto di plastica e ci caccio dentro i miei jeans e la mutandina di ricambio che un giorno laverò. Per fare bene le cose, prendo un pezzo di sapone e lo spazzolino che non uso mai (è davvero troppo uno spreco togliersi il sapore della cena prima di andare a letto). Fred mi domanda al volo dove vado, così, con quel fagotto.

«In riva al mare.»

Molla la bacinella, non sembra per niente contento, gli spiego: «Sylvain e la sua amica mi portano in vacanza al mare in una tenda di esquimesi. Sono stati loro a propormelo!»

«Ma il Larzac... A me fa piacere portarti in vacanza...»

Freganiente. Agathe resta in disparte, non capisce. Mi dice a domani succhiandosi il pollice, mi aspetterà alla capanna e non mangerà tutte le provviste di scorta. Freganiente, pedalo veloce per non farmeli scappare.

Nel cortile, l'igloo è stato messo via, Sylvain controlla i pneumatici della macchina e la sua amica giocherella con l'anellino attaccato al sopracciglio, mi sorride: «Sei ancora in giro a quest'ora, tu?»

«Non sono in giro, parto per le vacanze.»

Sylvain si rialza dando un botta al pneumatico completamente andato, mi dice: «Sei tu Ninon? Ma tu guarda, prima non ti avevo riconosciuta! Che hai fatto ai capelli?»

«È per nuotare nel mare, senza capelli si fa prima.»

Sylvain si volta verso la sua ragazza, le spiega che sono sua nipote Ninon, la figlia di suo fratello. Insomma, lui è mio zio.

Di colpo sono indecisa: ho notato solo adesso il seno enoooorme della ragazza, brutto presagio. Lei mi mette sulle spalle un golfino morbidissimo e profumato, rabbrividisco per finta.

«Siamo d'accordo, Ninon.»

Sylvain fa: «Che? D'accordo di che? Mica li capisco i vostri sotterfugi!»

Lei scoppia a ridere, si chiama Marlène, mi farà una doccia perché ho l'odore di formaggio buono ma quando viaggia il formaggio non le va tanto. Staremo un po' stretti nella tenda da campeggio, ma va bene. Certo che mio papà è al corrente! Sorride, ha sentito parlare molto di Fred e ha l'aria di una che di imprevisti se ne intende, dunque zero problemi. Mi dà un bacino ma io indietreggio perché ha la lingua bucata.

Ha un buon profumo, Marlène.

Il campeggio a Carnac è fantastico. Mangiamo cioccolato fuso tutti i giorni perché Marlène ne va matta e di mattina facciamo delle docce fredde con i gettoni per l'acqua calda che non funzionano. Marlène urla sotto la doccia da tanto che l'acqua è ghiacciata e Sylvain la raggiunge per farle coraggio, lei urla ancora ridendo e delle volte dice: Smeeeetilaaaa, c'è Ninon... Esco dalla cabina e guardo i loro piedi aggrovigliati come lo spago sul fieno. Dopo la doccia andiamo in spiaggia. Marlène mi spalma la crema ad alta protezione per le piccolette come me, la lascio fare anche se non sono più una poppante, ha delle manone morbide. Dopo, profumo di donna. Lei mi guarda, le piace da matti il colore naturale della mia abbronzatura e trova che dico cose sensate quando parlo. Marlène dice che sono bella e intelligente. Le piace proprio farmi contenta.

Lasciamo Sylvain nel suo angolino, lui legge libri da

intellettualone per i moduli di recupero in università e noi rimaniamo tra donne, leggiamo giornali a colori con sopra della gente famosa che non ho mai visto, sono delle star. Marlène mi spiega che una star, in inglese, è una stella. Io dico: sì, chiaro che sono delle stelle, brillano dappertutto. Nelle foto qualche volta sono sfocate e orrende, o magari non sono sfocate per niente e tutte strapitturate con il nero sotto gli occhi. Chiedo a Marlène se sono delle zoccole, lei spalanca gli occhi e dice: Certo che sei proprio un tipetto...(Riflette e ride talmente tanto che le si muove tutto il seno)... ma non hai torto... Sylvain dice che così mi fa diventare una scostumata, che sono sua nipote e che lui mi tiene sempre sotto controllo, poi mi fa l'occhiolino complice di amicizia. Marlène scoppia a ridere, Sylvain le si butta addosso per farle pagare le parole che fanno diventare una scostumata, io prendo e vado là in fondo a vedere la roba strainteressante che lui mi ha indicato con il dito (in genere è una cavolata, una boa che non serve più o un bambinetto scemo su una specie di mensola che scivola). Dopo rientriamo. Marlène mi dà dei soldi per andare dal panettiere e mi compero delle caramelle rosa, più altre alla cola che pizzica. Quando torno Marlène si sta tirando giù la maglietta, è una bella menata il seno grosso, Sylvain vuole sempre toccarlo (come l'Altro con Zélie). Di sera facciamo scaldare dei ravioli su una bombola del gas e mangio dimenticando che nel piatto ho dei pezzetti minuscoli di capretto, mi sforzo, non voglio rovinare tutto.

Dopo si va a passeggio, io esprimo dei desideri (al mare ci sono più stelle cadenti che in campagna) e lo stesso fa Marlène. Uno soprattutto. Anche Sylvain ha un desiderio, bisbiglia nell'orecchio di Marlène che dice: Maiale!

Quando vanno a letto faccio un giretto nel campeggio, così Marlène ha il tempo di mettersi la camicia da notte, e guardo le ombre nelle tende. Più lontano ci sono le roulotte con dentro la tele, bambini che giocano con le palette da ping pong, cani che portano il loro padrone a fare la pipì contro i cespugli.

Un campeggio è una specie di città con molti rumori e dei vicini abbastanza simpatici. Più avanti forse abiterò in città, ma in fondo a una strada sterrata, perché sono contro le autostrade che distruggono la natura e rubano i prati ai contadini.

Le vacanze sono fatte per gli innamorati che si amano ancora. Un giorno inviterò Anne-Sophie in vacanza con Fred, faremo campeggio nel furgone, io e Agathe andremo a comperare delle caramelle (la sola differenza è che Anne-Sophie ha il seno piccolo, così Fred se ne starà buono). Delle volte penso ad Agathe che mi aspetta alla capanna tenendo delle formaggelle da parte per me.

In questo momento Fred e Agathe sono nell'ombelico della Terra, manifestano contro le massicce centrali nucleari.

Sylvain non parla mai dei suoi fratelli, né di Fred né di quello che si è ucciso. Io provo a parlare un po' ma mi dice che sono davvero troppo piccola per parlare di quell'argomento delicato. Dopo fa finta di leggere il suo libro del tubo, allora gli parlo di Fred e Zélie, lui abbassa gli occhiali da sole. «Sono storie da grandi, Ninon. La cosa non ti riguarda.»

Visto che è così, mi canto nella testa delle canzoni d'amore, mi immagino la fisarmonica e la chitarra e sento tutto. Sylvain dice di smetterla di gesticolare, lo deconcentro. Gli dico che sto facendo i compiti di futuro per il mio mestiere. Sospira: Sei fuori di cucuzza come tuo padre, tu. Marlène si appoggia sui gomiti: Perché parli così a Ninon?

Ce ne andiamo, io e lei, a comperare un gelato alla vaniglia. Gli uomini non capiscono mai niente (tranne Fred).

«A furia di fare l'amore, sai, avrete un bambino.»

«...»

«Prendi delle precauzioni?»

«Ninon!»

«Altrimenti avrai come Zélie un figlio che ti ruberà l'adolescenza.»

Marlène si ferma di colpo, mi prende per le spalle e mi obbliga a guardarla. «Ninon, tu non hai rubato niente a nessuno.»

Improvvisamente è triste. Marlène ride molto, ma spesso ha gli occhi pieni di lacrime, come me, solo che le mie sono lacrime di coccodrillo. Continuiamo a camminare, lei ripete che un bambino non è un ladro, è un regalo stupendo. Allora ripenso al bambolotto di Natale, quello di Agathe con la gamba rotta, e rivedo il mio dentro il cellophane trasparente, il mio bebè rosa con il biberon che si svuotava anche se il latte non usciva e poi si riempiva in maniera invisibile. Che peccato, il giorno dopo Raymond gli ha mangiato la testa. Dico: Facciamo una corsa fino agli asciugamani! Arrivo prima io, mi butto addosso a Sylvain. Marlène ci salta sopra e urliamo come matti, poi ci alziamo, corriamo, Sylvain mi acchiappa, mi va volare, girare, fa l'aereo, io grido e casco nella sabbia, Marlène corre via, lui la raggiunge, gironzolo lì intorno facendo il verso del maiale e li lascio fare gli innamorati, dico: Là in fondo, la boa! E vado saltellando verso il mare senza girarmi, guardo le onde. È bello.

Marlène è andata in farmacia, è silenziosa. Sylvain guida adagio, così non staremo male come ieri. Ieri, tornando dal ristorante, abbiamo seguito la costa a zigzag e sia io sia Marlène (le donnicciole) abbiamo vomitato dappertutto le cozze alla panna. Marlène è smorta da allora, non dice più niente, le viene da vomitare.

Al campeggio ci riposiamo. Io ascolto un disco all'autoradio per diventare musicista, Sylvain mi dice che sono tutta svitata, gli ricordo proprio Fred anche perché, oltretutto, sono testarda. Oggi pioviggina, le signore se la raccontano vicino ai lavandini del bucato, nessuno fa la doccia, un uomo non tanto allegro dice: Evviva le vacanze in Bretagna! Fare campeggio sotto l'acqua, una pacchia!

Scuoto la testa tenendo il ritmo, sto ascoltando un pezzo da urlo, sul disco c'è scritto «Dub», mi fa venire in mente il festival Yo man di reggae. Lo strumento che mi piace di più è molto basso, chiudo gli occhi e metto a palla, è dolce come una canzone d'amore ma senza le parole. Quando apro gli occhi le signore ai lavandini stanno dimenando il culo, si sono un po' allontanate e spalancano le bocche chinandosi in avanti, come se fossero sorde. Ballo sul sedile anteriore, yo man, sono in Bretagna africana, tutti si stanno divertendo anche se non si vede. Arriva Sylvain correndo con le braccia alzate, picchia contro il finestrino, faccio: Eh? Lui fa un sacco di gesti saltellando su un piede solo, fa dei segni con le dita, capisco, ah sì, abbasso il volume e apro la portiera. Urlo: «Che c'è???»

«Ma sei fuori?! Ti si sente in tutto il campeggio!»

Non riesce a trattenere un sorriso. «E poi Zenzile non è esattamente lo stile di questo posto...»

Mi obbliga a uscire, non vuole sentire i miei piagnucolii, adesso basta con le mie scemenze idiote. Gli rispondo che una scemenza è raramente intelligente. Lui fa un grosso respiro e mi dà un calcetto sul culo.

Fuori dalla tenda, Marlène è smorta davanti alla pentola vuota, i capelli le pendono intorno al viso. Assomiglia a una luna piena triste, mi guarda e mi fa segno di andare a sedermi vicino a lei. Le accarezzo la schiena come se spalmassi la crema e le dico: Va tutto bene, va tutto bene... (Zélie mi dice sempre così quando vomito.)

Il seno grosso a Marlène sta bene perché lei è grossa dappertutto, soprattutto sulle chiappe che fanno fatica a entrare nell'igloo. Mi accarezza i capelli pensando ad altro, sembra che sta guardando fuori dalla finestra come Zélie dopo l'amore, ma non ci sono finestre, di fronte abbiamo solo delle tende sotto le nuvole. Le chiedo: «A cosa stai pensando?»

«A te, Ninon. La voglio identica a te.»

«Solo che la tua sarà più grassa e più bianca, meno lercia insomma.»

Continuo ad accarezzarla, sa di sapone crema, quello che tutte le mattine mi passa sulle guance con il cotone (e ogni volta è marrone, mi spiega che è l'abbronzatura che viene via). Mi dice nell'orecchio: «Ninon, aspetto un bimbo».

E scoppia in lacrime.

Allontano la pentola e appoggio la testa sulle sue ginocchia. Tra i singhiozzi, lei ride.

Alla fine rientriamo prima del previsto. Nel tragitto di ritorno Marlène si tiene la pentola sulle ginocchia, non si sa mai, e ci fermiamo in tutte le aree di servizio. Sylvain dice: Comincia bene la faccenda! Marlène non ride. Lui mi chiede se a casa ci sarà qualcuno a occuparsi di me, rispondo di sì, c'è Nicotine che cura le capre, zero problemi (Marlène lo dice sempre: Zero problemi.) All'arrivo, mi dà un bacetto tenerissimo che sa di sapone crema e va a distendersi. Sylvain scarica la macchina, tira fuori i suoi libri, io recupero la mia bici in garage.

Imboccando la strada sterrata, riconosco tutto: i mattoni da muro, il trattore parcheggiato sul ciglio con il cofano aperto, il pozzo e i piatti sporchi lasciati in giro, un furgone senza motore, l'aratro e le ruotone per quando avremo un cavallo da tiro e potremo coltivare l'orto, il mucchietto di filo spinato e il telone che abbiamo tolto dal tetto. Raymond mi ha riconosciuta da lontano, mi salta addosso, abbaia guaendo e mi gratta con le zampe, gira su se stesso, mi dà dei colpi con la coda, mostra i denti. Gli dico: Sono qui tesoro, sono qui... Non sorvegli le capre? Lui continua a piagnucolare con gli acuti senza mai smettere, come quando ha una spina nella zampa.

Cammino lentamente. L'orto è pieno di verdure, i fagiolini sono enormi, le insalate pure, le terra è secca. È un orto abbandonato. Strappo via un'insalata e mi mangio il cuore.

Mi fermo sulla soglia di casa, dentro è tutto buio, sopra i teli di plastica delle finestre Nicotine ha attaccato dei cartoni con lo scotch. Spalanco la porta, c'è odore di sigaretta, birra e formaggio. Quando i miei occhi si abituano, cerco il tavolo che alla fine intuisco essere sotto un mucchio di piatti sporchi e bottiglie vuote. In cucina non si riesce più a camminare. Già prima era un bordello, ma adesso, altro che, è un casino pazzesco (come dice Zélie quando con Agathe facciamo la capanna di lenzuola).

Cerco Chocolat e Pépite, non ci sono, apro la tenda e subito la richiudo. Una nuvola di mosche mi impedisce di vedere bene. In un primo momento ho tanta paura, penso che Pépite è morta (quando muoiono le capre c'è sempre pieno di mosche che vengono a mangiargli gli occhi), ma non c'è odore di capra andata a male, si sente solo il formaggio acido. Raymond mi sta appiccicato al sedere. Scuoto un bidone di latte giallo cagliato. Sul tavolo della formatura i formaggi raggrinziti ammuffiscono nelle fuscelle, le mosche se la spassano, il siero non sgocciola più. Mi do delle pacche sulle braccia e Raymond muove la coda per far scappare via le mosche, ho la nausea. Ho la nausea.

In cucina non ci sono più provviste, sopra una pozza di burro sciolto ci sono pacchetti di pasta tutti squarciati. Corro nel bosco fino alla mia dispensa per mettermi da parte delle formaggelle invendute. Raymond cammina con la testa tra le mie gambe tanta è la paura di perdermi.

Una ragnatela mi impedisce di entrare nella capanna, abbasso la testa. Dentro è tutto come prima. C'è un buon odore di felce, è l'odore di casa mia. Scuoto la trapunta e Raymond si piazza davanti all'ingresso, siamo felici di essere tutti e due a casa. Non abbiamo bisogno di dircelo. Raymond appoggia il muso sulle zampe piegate, fissa l'orizzonte di humus e io, distesa a pancia in su, faccio scivolare la mano sotto la testa per guardare il cielo attraverso le felci.

Quando Raymond ha sentito la voce di Nicotine che sbraitava come un'aquila «Raymond, cane del cazzo, torna qui, fffuuu (fischio venuto male), lurido cagnaccio dei miei coglioni...» noi due ci siamo nascosti e non ci siamo più mossi. Lo accarezzavo. Lui guaiva guardandomi negli occhi.

Alla fin fine Nicotine non mi piace. È un volgare, come Olive quando parla di mio papà con gli amici. Fred dice le parolacce ma non è assolutamente così orrendo, il suo è solo nervoso, e dopo quando si accorge che ci sono io è imbarazzato, si schiarisce la voce. Quando mio papà dice «Ma porca di una troia!» nella sua voce c'è gentilezza. Grancoglione, quando dice «Pezzo di stronzo» (delle volte comincia anche con «brutto», ma così risulta più cattivo) oppure «Povero minchione», non è affatto carino.

Nicotine non mi piace. Non rispetta i formaggi. Per

colpa sua è andato tutto a farsi benedire, sono almeno dieci mercati persi. Non se ne rende mica conto, Nicotine. Non sarà mai un contadino.

Io e Raymond abbiamo organizzato la nostra vita.

Di mattina, prima che lo scansafatiche si alzi, vado a raccogliere la lattuga e a prendere l'acqua al pozzo. Lavo un piatto e preparo l'insalata con il formaggio, qualche volta ci aggiungo dei fagiolini crudi e delle carote, ma visto che non è innaffiato faccio una fatica belva a raccoglierle. Tengo comunque da parte i gambi di qualche erbetta per Raymond, lui non li vuole mangiare, fa il difficile.

Da dentro la capanna ascoltiamo il vicino che sta sopra di noi, è un po' rumoroso, tipo percussionista di dub, è Toctoc il picchio. Abbiamo anche delle vicine invadenti, per attirarle da un'altra parte spezzetto delle croste di formaggio fuori dalla capanna, sono formiche rosse. Ah, sì, non l'ho detto: viviamo in comunità da quando ho ritrovato Pépite e Sucrerou (Sucrerou è il suo caprettino, lo terremo come capro, ho strillato così tanto che Fred non è riuscito a metterlo sul furgone per il mattatoio, ho strillato senza mai fermarmi per almeno un'ora diventando tutta rossa). Di mattina mungo Pépite per bere il latte caldo, ma non sono una carogna, gliene lascio comunque un po' nelle mammelle per il suo cucciolo. Sucrerou dorme sotto la mia trapunta e

Pépite sopra, Raymond controlla le formiche, delle volte ne annusa qualcuna per giocare. Da lontano controllo Nicotine: è proprio un cazzone. Rincorre le capre con un bastone, urla e loro scappano davanti a lui finendo nel bosco dei vicini, quello dove ci sono gli alberi belli da scortecciare, allora gli corre dietro, poi si ferma per rollarsi una sigaretta e alla fine le raggiunge appoggiandosi al bastone. Nicotine pensa come gli altri che mio papà sia un fannullone. È Zélie che lo dice, dice che Fred adora passare la mattina a letto e che all'epoca, quando era infelice con lui, si alzava da sola per occuparsi di noi e teneva la casa e mungeva e poi faceva tutto il lavoro intanto che Fred dormiva, e aggiunge che lui fumava e sporcava tutto con le sue infradito piene di cacca di capre. Per questo Nicotine deve aver pensato che era figo fare il contadino, facile e tutta quella roba lì, così ha contrattato formaggi e ortaggi a volontà in cambio del suo aiuto. Ha creduto che sarebbe stato bello facile sostituire Fred, e sai che penso: Ben gli sta, ah ah!

Non so più che giorno è oggi, né che ora è, guardo il sole per sapere se tra poco è sera. Di mattina ho una sveglia uccello che canta quando il cielo è ancora un po' buio ed è l'ora di andare a lavare il secchio di Pépite, il piatto e la scodella.

Oggi ho deciso di andare a fare una passeggiata sull'asfalto sciolto che puzza. Raymond mi segue, Pépite fa poppare Sucrerou sul pallet, gli zoccoli le si incastrano tra le assi, l'aiuto a liberarsi e parto.

Sulla strada fa decisamente molto più caldo che nel mio bosco e mi fanno male i piedi sotto (ho perso le scarpe nell'orto mangiando dei pomodorini deliziosi). Gli uccelli hanno smesso di cantare, ho la faccia che mi scotta, mi mancano i miei capelli lunghi.

Allora mi rendo conto che è cambiato qualcosa. Qualcosa è triste. Il filo spinato è arrugginito, i cartelloni pubblicitari sono brutti. Cerco dentro la testa che cosa non è più uguale. Di colpo, lo so.

Sono ritornata bertuccia.

Dentro la mia capanna ero una principessa. Sull'asfalto sono una fetecchia.

In lontananza, una macchina bianca attraversa il bosco e viene verso di me. Rallenta. Alla fine si ferma, io mi giro di schiena per non far vedere la bertuccia. La macchina si è fermata del tutto, sento la politica alla radio. Accarezzo Raymond, mi dico che ripartirà, garantito. Invece rimane lì. La radio smette di parlare e una voce mi chiama con un nome che avevo quasi dimenticato: Ninon! Sei tu, Ninon?

Mi volto. Lei è lì, bella, e mi dice di salire in macchina. Raymond salta dentro, crede che partiamo per un viaggio, si siede di dietro tutto impettito. Io salgo piano, non oso guardarla.

«Mi porti a casa tua?»

Annuisco, le dico: Sempre diritto. Quando sta per svoltare appoggio la mano sul volante e dico: Non è qui. Lei fa una faccia strana e continua la strada, entriamo nel bosco, le indico un posto sicuro al riparo dallo sguardo di

Nicotine. Esce dalla macchina e si sistema la gonnellina bianca, prende una cartelletta con dei fogli ma la rimette giù, contempla il cielo che illumina le foglie, io faccio: Sst! Le sue scarpe da signora si incastrano nei rami, lei guarda i miei piedi nudi.

Dentro la capanna si toglie le scarpe, caccio via Sucrerou dalla trapunta e scuoto le cacchette nere.

«Abiti qui?»

«Beh, sì.»

«Ma...E tuo padre?»

«Mio padre è nel Larzac con i pacifisti.»

La porto con me fino al mio nascondiglio di controllo e da lontano le presento Nicotine che sta urlando dietro una capra. Cerca di aprirle la bocca ma lei non vuole ingoiare la medicina, allora lui sbatte per terra la siringa. Poi va al pozzo, riempie gli innaffiatoi e io mi dico: Finalmente innaffierà i pomodori! Anne-Sophie si toglie la calza smagliata, si sistema la gonna e, per la prima volta, non può fare a meno di sorridere: Nicotine si è messo nudo nudello, con il birillo al vento, e tutto pieno di peli neri sulla pelle bianca solleva l'innaffiatoio e si fa una doccia vicino al pozzo delle rane facendo un rumore di lupo agitato. Saltella e scuote la testa. Nicotine è proprio un coglionazzo! Non gli è neanche venuto in mente di riempire gli innaffiatoi di mattina per farli scaldare dal sole.

Batte i denti, annusa le mutande e poi se le rimette

comunque. Poi si passa le mani nei capelli, corre verso la sua macchina, si rade davanti allo specchietto retrovisore e se ne va.

«Ninon, da quanto tempo sei sola?»

«Che ne so.»

«Quando torna tuo papà?»

«Un giorno.»

Anne-Sophie è una timida della vita. Bisogna sempre forzarla un po', si preoccupa, dice che non è autorizzata, oppure che non può restare, non è il suo ruolo. Io la trascino con la forza, le spiego che ci divertiremo un mondo, facciamo uno scherzone all'imbecille. Viene perché non vuole che mi succeda qualcosa.

Prima di tutto diamo una scopata alle mangiatoie, lei cerca di tirare fuori il fieno dalla balla, grida perché si punge le gambe. Nel frattempo distribuisco le granaglie e raccolgo tutte le uova. Me ne sparo uno dopo averlo bucato con una spina, l'uovo si rompe, il tuorlo mi cola sulle mani e me lo spalmo sui capelli, come nella pubblicità a casa di nonnina. Dopo insegno ad Anne-Sophie come mungere, ma con quelle manine è negata, non osa acchiappare la mammella, ha paura di fare male alla capra. Mi spancio dal ridere e per scherzo le faccio poti poti (come i ragazzi durante l'intervallo che cercano di prendere i seni minuscoli delle ragazze). Mimi rovescia quel poco di latte che ha munto, Anne-Sophie vuole tornare alla capanna, dice che è davvero troppo difficile per una ragazzina così piccola fare quel lavoro da uomo. Non l'ascolto, continuo sotto il suo sguardo, si siede su un gradino e mi guarda le mani che vanno a tutta birra. Per aiutarmi trasporta i secchi pieni ai bidoni, i tacchi le rimangono impigliati nel letame. Le propongo di andare a raccogliere della verdura e di farci un'insalata, dice: D'accordo! e intanto io continuo il mio scherzone. Torna ansimante: «Ninon, hai visto in che stato è la cucina?! Diomio!»

Le spiego che sono abituata al casino, poi ci aggiungo del mio e le dico che qui ci vorrebbe una donna per far venire a Fred la voglia di sistemare tutto e di farsi bello, che io non basto, sono solo una ragazzina. Le racconto delle cose su Fred per farle capire che un posto con noi lei ce l'ha, zero problemi. A un certo punto smetto di parlare perché è troppo triste e poi ecco che si mette a chiamarmi «Diomio, Diomio». Era tanto che non mi chiamavano così, mi fa piacere! Anche perché lei lo dice bisbigliando e con tanta tenerezza nella voce.

Quando ho finito di mungere e liberato le capre lei mi tocca il palmo della mano gonfio, lo accarezza e mi invita a mangiare una pizza, la ordineremo, perché non sono in condizione di entrare in un ristorante. Io però, nonostante la saliva che mi si scioglie sulla bocca, dico di no. Non voglio lasciarmi scappare Nicotine.

Ci facciamo un'insalata di pomodori nel nostro nascondiglio di spionaggio.

«Sta arrivando, sta arrivando!»

Ci stendiamo a terra per guardare meglio lo scherzone.

Nicotine entra nella stalla delle capre, poi esce per prendere il fieno e poi i bidoni e poi il filtro e poi il secchio verde. Per un bel po' non lo si vede più. Dopo riesce con il secchio vuoto, gli cade per terra e lui si siede a riflettere. Siamo troppo lontane per vedere che faccia fa, me lo immagino che tenta di pensare, sono sicura che fa scaldare un pezzo di fumo e inumidisce la cartina della sigaretta (Nicotine lascia sempre una cacchina sul bordo del caminetto, lo spiego alla mia amica). Alla fine torna nella stalla, sta facendo buio. E che cosa vedo? Tutte le capre escono una per una belando sorprese, lui strilla: Dai, dai, non avete mangiato abbastanza, bisogna brucare di più per avere il latte!

Poi mormora delle cose. In realtà penso che è in para che Fred torni e trovi le capre a secco. Non ci capisce proprio un tubo Nicotine, non esiste una capra senza latte in piena estate, è proprio negato. Oh, mica ci si improvvisa contadini!

Segue le capre borbottando e chiama Raymond. Il mio cane alza le orecchie e poi riappoggia la testa sulle zampe. A Raymond non piacciono i coglionazzi.

Anne-Sophie non lo trova divertente, non ride. Sono delusa, non ha senso dell'umorismo. Mi volto per dirle il mio pensiero ma si è addormentata, tutta rannicchiata su se stessa. Dorme anche Raymond. Vado a cercare la trapunta, Pépite e il suo cucciolo mi seguono e dormiamo nel nascondiglio.

Quando mi sveglio Anne-Sophie mi sta passando la mano tra i capelli, è così dolce e io sono così felice e allo stesso tempo così bertuccia, entro nelle sue braccia caldissime che sanno di profumo e di sudore di donna.

Anne-Sophie è rimasta. È stata sul punto di andar via diverse volte, ma non ne ha avuto il coraggio. Adesso lei è in vacanza. In teoria doveva andarsene al mare con le sue amiche subito dopo che era passata a trovarmi, ma alla fine resta con me, dice che la capanna è un alloggio estivo come un altro, dopotutto.

Non me ne ero resa conto, i capelli mi sono cresciuti come la verdura in estate. Anne-Sophie cerca di pettinarli, mi fa tremendamente male allora lasciamo perdere. Decidiamo di andare a metterci a mollo nello stagno dei canneti, lei si spalma un po' di argilla sulle braccia e io nuoto come una rana. Mi guarda, ogni tanto scrive sul suo quaderno ma quando mi giro verso di lei lo richiude velocissima.

Anne-Sophie si è tolta le scarpe, Raymond le annusa le chiappe, lei lo lascia fare. Camminiamo nella radura dietro lo stagno, mi dice che sente pungere sotto i piedi, le raccolgo un po' di resina che lei si spalma tra le dita, le propongo di chiudere gli occhi per ascoltare la natura, faccio una giravolta su me stessa, casco, mi arrampico nell'albero facendo la bertuccia, si spaventa molto, io scoppio a ridere, voglio che venga su, si arrampica un pochino ma si ferisce con la corteccia, le vedo le mutande. Anne-Sophie non si sistema più la gonna.

Ho rubato qualche formaggio appassito nel caseificio mentre lei stava fuori a fare la guardia, ho tolto i vermi viscidi con il coltello, abbiamo raccolto dei cetrioli e siamo tornate alla capanna come delle ladre. Non gliel'ho detto dei vermi, Anne-Sophie è molto igienica. Ieri sera mi ha portato un secchio d'acqua e per farla contenta ci ho infilato le chiappe. Poi ha preso dell'acqua anche per lei e si è lavata tutta nuda per intero, l'acqua sgocciolava sulle foglie e sulle felci, le ho detto che era stupenda e che aveva una bella fortuna ad avere il seno piccolo. Se l'è nascosto con le mani e ha fatto una faccina triste triste.

Dentro la capanna le formiche rosse cercano di trasportare una delle formaggelle di Agathe.

Anne-Sophie si lega i capelli con le sue calze fini tutte smagliate. Le spiego perché sono una bertuccia, lei cerca di rassicurarmi: Ma Ninon... queste sono cattiverie non vere!

Per provarle che sono vere faccio il mio urlo da bertuccia e mi infilo nel bosco appendendomi agli alberi. Lei grida: Ninon, sei la bertuccia più bella del mondo! E mi corre dietro (ma sulla punta dei piedi è difficile), cerca perfino di aggrapparsi a una liana d'edera e finisce per terra.

Di sera Anne-Sophie scrive il diario, annota tutto quello che fa durante il giorno e dopo io disegno sulla pagina di fianco per illustrare con delle figure. Lei guarda i miei disegni a lungo, le spiego: Pépite e Sucrerou, Agathe con in mano la formaggella, Raymond che dorme, Fred con le braccia in alto perché piove sulle balle di fieno, io piccola piccola di fianco a lui con un sorriso che esce fuori dalla faccia e la ragazza con le labbra rosa è... Anne-Sophie che si è messa i pantaloni per salire sugli alberi.

Mi chiede di disegnare Zélie, faccio il mio disegno e lei vuole che glielo spieghi, perché non capisce. Allora le dico: È Zélie tutta nuda con il seno grosso e gli occhi a mandorla, e vicino c'è Grancoglione che urla perché non ho chiuso il cancelletto. Anne-Sophie trova che Zélie è triste, nel disegno non sta sorridendo. Pensa che sia perché non vede più Ninon, per lei è difficile perché ama tantissimo la sua bambina. Giro la pagina, mi piace molto il primo disegno, quello dove Fred alza le braccia verso il cielo.

«Verrai a fare il fieno con noi? Io guiderò il trattore, è forte fare il fieno.»

Non dice niente ma è triste. Vuol dire no.

Anne-Sophie dorme. Ha tenuto addosso solo le mutande (quelle che ha lavato nella bacinella ieri), dentro la capanna fa davvero caldo. La sua mano mi tocca la spalla, non oso muovermi. Sucrerou è rannicchiato addosso a me, tra le felci sta spuntando il giorno, Toc-toc il picchio se ne sta buono. Anne-Sophie è bella nel sonno, i suoi capelli di castagna e la pelle dorata hanno il colore delle felci secche.

Da quando il suo telefono si è scaricato non sappiamo più che ore sono. Spesso lei è presa dal panico, mi dice che le fa venire le vertigini seguire il sole e dimenticare il tempo che passa. Qualche volta gironzola a vuoto guardando dritta davanti a sé come se non vedesse più niente intorno, mi dice di lasciarla in pace, sta riflettendo. In quei momenti non è bella, sembra quasi una maestra delle coniugazioni. Ma dopo mi dà un bacino ed è talmente carina che dimentico tutto.

Si sveglia e si tira su la trapunta troppo pesante (Pépite ci sta dormendo sopra), si mette seduta e si infila la camicetta. Le chiedo: «Tu avrai dei bambini un giorno?»

Lei ci pensa intanto che sfrega una macchietta sulla camicia: «Non lo so. Nel mio lavoro, sai, vedo un'enormità di bambini maltrattati e infelici, così poi mi faccio tante domande».

«Ah sssì? E cos'è il tuo lavoro?»

«Lavoro per l'assistenza sociale.»

All'inizio penso che non ho capito, sento che mi va tutto insieme nella testa. Non sono sicura, me lo ridice. Mi chiede se è tutto okay, io non lo so. Mi ripeto la parola nella testa e la testa mi fa male da tanto sta pensando e il mio cuore diventa pietra. Una bertuccia è proprio fessa, mica è intelligente, non capisce niente. Sucrerou mi ciuccia un dito, la formaggella di Agathe è sparita, Raymond vuole dirmi ciao con la coda e Anne-Sophie mi guarda con gli occhi spalancati, si smangiucchia le unghie.

«Ninon, parlami... Ho fatto una gaffe?»

Mi si è rificcato il gatto in gola, cerco di sputarlo ma mi viene fuori un singhiozzo, cerco di mandarlo giù, la gola fa male, le parole non vengono più. Allora mi alzo di colpo e urlo senza riconoscere la mia voce rauca, urlo per fare paura al gatto e farlo scappare via da lì, urlo: La Signora Assistenza! La Signora Assistenza! io non ho bisogno di te! Sbatto contro la ragnatela della porta d'ingresso e corro, corro nei boschi.

Sono una bertuccia, nessuno mi ritroverà. Sono una bertuccia in libertà.

Mi sono arrampicata in cima al mio abete, non importava se le cortecce mi ferivano le gambe nude, mi sono arrampicata e sono rimasta lì in alto. Il gatto mi ha seguita, mi è ritornato in gola, me ne frego, non ho niente da dire a nessuno. In lontananza sento Anne-Sophie che mi chiama, la sua voce è esile e fragile, me la immagino in mutande che corre su e giù sulla punta dei piedi. Ho tutti i sentimenti sottosopra: mi viene da piangere perché Anne-Sophie mi piace tanto, allo stesso tempo ho voglia di urlare «Morte alle assistenti carogne!» e però mi sento anche solissima, come un pisellino in cima a un albero, e mi dico che una bertuccia non ha mai delle amiche. Mi sono fatta fregare, fregare di brutto.

Ormai è tardi al sole. Raymond mi ha trovata, le stelle entrano nel cielo, vengono a farmi visita, ho voglia di dormire ma qui rischio che mi spacco la faccia. Raymond mugola saltellando intorno all'albero. In lontananza una voce di uomo mi chiama. È Nicotine. Anne-Sophie e Nicotine passeranno insieme la notte a cercarmi, l'idea non è che mi piaccia tanto, mi fa venire in mente dei ricordi di Zélie con i suoi amici mangiabocca (succedeva sempre di notte).

Non me la sarei mai immaginata così la Signora Assistenza e non avrei mai pensato che avrebbe fatto finta di essermi amica. Adesso capisco tutto: gli appunti sul quaderno e tutta quella roba lì. Mi faceva delle domande per assisterci meglio, per darci i soldi con la forza attraverso gli esempi della vita quotidiana. La cosa peggiore è che non l'ha neanche capito che non avevo bisogno d'aiuto, non ha capito che non ero un'assistita, io. Forse non sono stata abbastanza chiara, forse sono stata debole nelle discussioni personali mie. O invece lei ha sentito qual era il mio vizio intimo, ha saputo che mi era piaciuto il vestito con le ciliegie, quello che mi aveva regalato l'anno scorso. Magari va a finire che l'ha pure annotato sul suo quaderno, il vestito con le ciliegie, il prezzo e tutta quella roba lì.

A furia di riflettere mi si chiudono gli occhi, le dita non vogliono più stare attaccate al tronco, scivolo. Vedo gli occhi di Raymond che guaisce piano. Da solo Raymond ha paura, allora scendo. Il mio cane si allunga sul fianco con le zampe aperte, fa il cuscino per farmi andare ad appoggiare la testa stanca sul suo costato.

Quando mi sveglio fa buio, sono nelle braccia di qualcuno, i rami scricchiolano sotto dei passi, muovo un filo la testa. Le braccia sono forti e hanno un buon profumo caldo. Sotto il mio orecchio il respiro è tranquillo, mi rannicchio per sentire meglio l'odore della camicia e il caldo. Mi stringe contro di sé. È tornato. Il mio papà.

Mi ha appoggiata su un materasso vicino ad Agathe, lei ha messo la mano nella mia e le sue ditina non mi hanno più mollato. Ho tenuto gli occhi aperti, la casa sapeva di pino, ma non come nell'albero, là, questo era odore di pulito. Vicino al caminetto la Signora Assistenza e Fred discutevano bisbigliando. Lei era tutta impettita, i capelli legati dietro, le gambe strette sotto la gonna bianca. Seduta sul bordo del caminetto senza fuoco, parlava, e lui guardava le piastrelle di terracotta. Delle volte scuoteva la testa e allora le spalle gli cadevano insieme con la cenere della sigaretta.

Non so se ho dormito. Quando ho aperto gli occhi non c'erano più. Agathe ha chiamato gatto Cucù che è arrivato facendo le fusa, non ci siamo dette niente, abbiamo accarezzato lui. Mi sono alzata, Fred era dalle capre a mungere con le sue manone, come se non fosse mai partito. Ha cercato di sorridermi ma un labbro ha cominciato a tremargli. Sono uscita.

Sul furgone ha cantato una canzone d'amore triste, *Non piangere Jeannette*, si è asciugato la guancia, gli era caduta una ciglia e così ho espresso un desiderio. Agathe cantava, io no. Guardavo l'asfalto, i cartelloni pubblicitari e il paesaggio sconosciuto che scorreva. Non stavamo andando a casa di Grancoglione.

Ho riconosciuto il noce imponente. Sfrecciavamo veloci. Vicino alla fattoria ha rallentato e abbiamo parcheggiato. Agathe mi ha guardata, mi ha preso la mano per essere sicura che non le avrei rifatto il giochetto delle vacanze da qualche altra parte, l'ho seguita. Fred ha preferito rimanere nel furgone, mi ha stretta però contro il petto che pungeva di fieno, ha mormorato: È meglio così. E ha ripetuto la frase diverse volte come per provare a se stesso che era vero. Mi ha stretta ancora fortissimo. Ho pensato al giorno del materasso sul tetto. E poi ha girato la testa velocemente per fare marcia indietro. Raymond mi seguiva. Fred lo ha chiamato.

Zélie è lì, davanti al cancello, indossa lo scamiciato turchese, ha lasciato sciolti i suoi capelli lunghi. Mi sorride, tende le braccia verso di me. Cammino piano piano, come se il mio sacchetto di plastica vuoto fosse pesantissimo. Appoggio la testa appena sopra il seno, lei chiude le braccia, mi accarezza i capelli. Restiamo così, ci restiamo parecchio, fino a quando Agathe grida: L'acqua bolle!

Zélie mi guarda, una ciocca dei suoi capelli mi fa solletico al naso, mi dice: «Vieni in casa a bere un tè?»

Epilogo

Gli altri contadini fanno il fieno a giugno, ma noi no. Noi siamo sempre in ritardissimo, lo facciamo a fine agosto, e quest'anno ci è andata di culo che il fieno non ha beccato l'acqua. Guido il trattore, Fred prende le balle con il forcone e le lancia sulla piattaforma. Quando il mucchio è grosso lui le sistema una vicino all'altra e io schiaccio piano l'acceleratore, il trattore parte di colpo e dopo vado adagio, guido in mezzo alle balle. Fa caldo. Mi piace da matti sentire l'odore del fieno bello secco e il sudore sulla fronte. Agathe sta giocando all'ombra di una quercia.

A partire da adesso, verremo a casa di Fred tutti i mercoledì e i week end. Lui mi ha spiegato che non ci saranno mai più problemi con l'assistente sociale, hanno sistemato le cose in maniera amichevole, va tutto bene. Ora però io devo smetterla di parlare della Signora Assistenza, ce ne freghiamo, non verrà mai più a controllarci.

Ogni tanto Criceto viene a mettere a disposizione le sue braccia e dopo suona tutta la notte con Fred, io mi addormento battendo il ritmo. Farò la musicista, garantito. Anche se sono stonata, farò la musicista d'amore. Criceto dice che non bisogna ascoltare gli invidiosi o i frustrati, bisogna fare come ci pare e piace, e intanto non ha voluto che ripetessi l'anno, ha spiegato al preside che avevo il senso delle parole e l'intelligenza del cuore. Ha detto questo parlando di me, e quando gli ho spiegato che io ho un problema di disco lessico ha riso un sacco. Io pure, perché ero orgogliosa un casino di avere l'essenza delle parole.

Guido il trattore, Fred è a torso nudo. Dei fili di fieno gli si impigliano tra i riccioli, è forte lui con il forcone, si ferma, si asciuga la fronte e poi riparte. Agathe mi fa un segno, io giro il volante con una mano e con l'altra mando via le mosche appiccicose. Da qui vedo la stradina, quella che porta a casa nostra.

Una macchina si avvicina, io non la sento perché nelle orecchie ho il rumore del trattore rosso. La vedo mentre parcheggia sul ciglio della strada, all'inizio del campo. Fred continua a lanciare balle di fieno. Una figura viene verso di noi, ci fa un gesto. Continuo a guidare accelerando con la punta del piede, Fred salta sulla piattaforma per organizzare le balle, spengo il motore.

La figura continua a camminare verso di noi, fa dei passi lunghi, all'inizio penso che sia un uomo e poi intuisco di no perché ha un'andatura da principessa e non da orso. Fred salta giù dalla piattaforma e afferra il forcone.

È bella come uno spicchio di luna dentro quei pantaloni di tela bianca. Si ferma di colpo, sembra indecisa, e poi fa un respiro con il seno e ci viene incontro guardando bene dove appoggia le sue scarpette scollate.

Anne-Sophie allunga il braccio verso l'attrezzo e con una vocina ansimante chiede a mio papà: «Hai bisogno di una mano?»

Ringraziamenti

Ringrazio Christophe, il più paziente degli uomini.

Ringrazio Fabienne per le letture entusiaste, Isabella per il fil rouge, Jacqueline ed Élisa per la passione, Henri per le insalate e le storielle più o meno piccanti. Paulette per l'accoglienza e l'angolo del suo studio, Caroline per le critiche accorte, Julie la mia Cenerentola letteraria, Christian per lo sguardo infantile che nasconde così bene, Gaétan per i trattini e Delphine per le opinioni illuminate (anche quando salta il contatore), Georges e Jeannine per quell'entusiasmo che le difficoltà non sono riuscite ad annientare, Katherine per i consigli e lo slancio che mi ha dato, Juliette per la lettura gioiosa, Dom, con me in Digitanes e nella vita quotidiana, e poi Momo, Mimi, Olivier e Nella per gli incoraggiamenti, e anche Pascale, Jean-Philippe per le critiche ciclotimiche, mia sorella Yu-lan per i punti esclamativi e mia sorella Sandrine, puntini di sospensione...

Ringrazio Arne per ciò che sa infondere in me.
Ringrazio Youma e Lin per quello che sono e che mi insegnano a diventare.

Ringrazio Jean-Marc e Émilie per la pagina che mi hanno aiutato a girare e per le pagine che ora mi aiutano a scrivere.

Finito di stampare nel febbraio 2012
presso la Mondadori Printing S.p.A.
Stabilimento N.S.M. di Cles (TN)
Printed in Italy